KB078036

바람의 마스터 1

임영기 장편 소설

초판 1쇄 찍은 날 § 2015년 9월 17일
초판 1쇄 펴낸 날 § 2015년 9월 24일

지은이 § 임영기
펴낸이 § 서경석

편집책임 § 박가연

펴낸곳 § 도서출판 청어람
등록번호 § 제387-1999-000006호
등록일자 § 1999. 5. 31
어람번호 § 제1-2235호

주소 § 경기도 부천시 원미구 부일로 483번길 40 서경B/D 3F (우) 14640
전화 § 032-656-4452 팩스 § 032-656-4453
http://www.chungeoram.com
E-mail §chungeorambook@daum.net

© 임영기, 2015

ISBN 979-11-04-90418-9 04810
ISBN 979-11-04-90417-2 (세트)

1

임영기 장편 소설

바람의 마스터

Wind Master

도서출판 청어람

바람의
마스터

Wind Master

CONTENTS

제1장
신세계

이름 한태수.

나이 25세. 최종 학력 전문대 자동차과 졸업. 병역필. 무직.

현재 지방 소도시 원룸에 살고 있으며 정식으로 취직이 될 때까지 이것저것 닥치는 대로 알바를 하고 있다.

그리고 오늘부터 낮 동안 중국집 배달 알바를 시작한다.

태수는 중국집 '자금성'이 있는 골목에서 자전거를 타고 넓은 거리로 나섰다.

일요일에는 사람들이 중국요리를 많이 주문하기 때문에 자금

성은 아침 일찍부터 영업을 시작하고 있다.

거리에는 차도 보이지 않고 조용했다.

5m 전방에 사거리가 나타났다. 교통경찰 몇 명이 호루라기를 불면서 수신호를 보내고 있다.

무슨 일이 있는지는 모르지만 태수하고는 눈곱만큼도 상관이 없는 일이라는 것에 목숨을 걸어도 좋다.

태수는 자전거의 속도를 줄이고 횡단보도에서 우회전을 시작했다.

오른쪽에 있는 홈플러스를 지나서 첫 번째 골목 우측의 파란 대문집이 이번 배달 목적지다.

"비켜!"

탁!

"엇?"

그런데 자전거 핸들을 오른쪽으로 꺾고 있는 도중에 갑자기 왼쪽 어깨에 뭔가 강하게 부딪쳤다.

태수는 자전거라면 내 몸처럼 자유자재로 다룰 수 있지만 느닷없이 가해지는 외부의 충격에는 속수무책이다.

기우뚱 균형이 무너지면서 급히 왼쪽을 쳐다보니까 누군가의 맨살 팔과 울긋불긋한 상체가 보였다.

그 팔은 태수를 밀치느라 뻗어졌다가 막 거두어지고 있는 중이다.

그러니까 부딪친 게 아니라 그 팔이 태수의 왼쪽 어깨를 세게 밀친 것이다.

"어어……."

어쩌고 자시고 할 새도 없이 자전거가 균형을 잃고 두어 번 크게 갈지자로 요동을 치는가 싶더니 횡단보도의 신호등을 냅다 들이받았다.

쿵! 와작!

"와!"

태수는 자전거와 함께 아스팔트 바닥에 볼썽사납게 나뒹굴고 말았다.

아스팔트에 부딪친 오른쪽 어깨와 무릎이 깨질 듯이 아팠으나 참고서 꿈틀거리며 상체를 일으켰다.

"으… 어떤 자식이……."

입에서 신음이 나오면서도 제일 먼저 자전거 짐칸에 실린 철가방, 즉 배달통이 어떻게 됐는지 걱정됐다.

이 정도 요란한 충격이면 배달통 안에 들어 있는 자장면 두 그릇과 짬뽕 두 그릇, 군만두 한 그릇은 작살이 났을 테지만 그래도 확인하지 않을 수가 없다.

드륵…….

아스팔트에 주저앉은 상태에서 옆으로 쓰러진 배달통을 억지로 조금 열어보니 벌건 짬뽕 국물이 왈칵 밖으로 쏟아지며 태수의 손을 뒤덮었다.

"아뜨……"

짬뽕 그릇에 씌운 랩이 벗겨져서 국물이 쏟아진 것이다.

무지하게 뜨거웠으나 그보다는 이 상황을 알고는 입에 거품을 물고 개지랄을 떨 중국집 배불뚝이 사장의 개기름 번지르르한 얼굴이 반사적으로 떠올랐다.

사장은 그래서 오토바이를 못 타는 놈은 아무리 사정을 해도 배달을 시키지 말아야 하는 거였다고 언성을 높일 게 분명하다.

태수는 이날까지 오토바이를 배울 기회가 없었다. 요즘 젊은 놈치고 오토바이를 못 타는 놈은 흔치 않을 것이지만 어쨌든 그는 오토바이 근처에도 가본 적이 없었다.

그래도 자전거라면 코흘리개 때, 그러니까 초등학교 삼 학년 때부터 타기 시작해서 중, 고등학교 육 년 동안 집에서 학교까지 통학을 했으니까 팔다리 사지를 움직이는 것보다 자전거를 다루는 솜씨가 훨씬 탁월할 정도다.

그런 태수가 중국집 배달 알바 첫날 자전거 사고가 났다. 아니, 이건 고스란히 당한 거다.

원숭이가 나무에서 떨어진 게 아니라 집어 던지는 데야 어쩔 도리가 없었다.

이 지경이 됐으니까 사장은 태수더러 죄다 변상하라고 할 게 뻔하다.

시급 육천 원에 일 시작한 지 두 시간, 세 번째 배달 만에 사고를 쳤으니 생돈을 꼬라박아야 할 판이다.

더구나 배달 알바를 오래 할 것 같아서 중고 짐자전거까지 5만 원을 주고 샀으며, 짐칸에 배달통을 담을 구조물을 다는 데 2만 원이 들었으니까 피해로 치자면 너무 막심해서 짧은 시간에는 계산이 되지 않는다.

삐익! 삑! 삑!

"이봐! 거기! 빨리 밖으로 치워!"

그때 누군가 쨍하게 고함을 지르며 다가온다.

"지금 여기 교통 통제하고 있는 거 안 보여?"

횡단보도에서 신호등을 들이받고 쓰러져 있는 중국집 배달부에게 괜찮으냐고, 어디 다친 곳은 없느냐고 묻는 선량한 시민은 한 명도 없다. 요즘은 시골 인심이 더 사납다.

횡단보도에 모여 서 있는 몇몇 사람 틈새로 팔에 완장을 차고 목에 호루라기를 맨 사내가 사나운 표정을 지으며 이쪽으로 달려오는 모습이 보였다.

교통경찰이나 모범택시 기사는 아닌 것 같은데 왜 호루라기를 불면서 고함을 지르는 건지 모르겠다.

태수는 벌떡 일어섰다. 우회전을 할 때 떠밀었던 손의 주인을 찾으려는 것이다.

사람들을 헤치고 절뚝거리면서 오른쪽 커브 쪽으로 몇 걸음 가다 보니까 저만치 50m쯤 앞에 붉은색과 푸른색, 말하자면 울긋불긋한 짧은 민소매를 걸친 반바지의 남자가 죽어라고 달려가는 모습이 보였다.

'저 자식이다!'

태수는 앞뒤 생각할 겨를 없이 무조건 저 자식을 잡아야 한다는 생각만 머릿속에 가득 찼다.

저 자식을 잡아서 음식값하고 부서진 자전거 수리비를 받아 내지 못하면 끝장이다.

"이익!"

탁탁탁탁……

생각이 거기까지 미쳤을 때 그는 발끝으로 힘껏 아스팔트를 박차며 총알같이 튀어 나갔다.

"헉헉헉……."

태수는 숨이 턱에 찼고 허파가 당장에라도 터질 것처럼 기진맥진해서 그 자리에 주저앉고 싶었다.

그는 앞뒤 가리지 않고 무조건 달리기 시작했지만 오래지 않아서 자기가 빼도 박도 하지 못할 상황에 처했다는 사실을 깨닫게 되었다.

그를 밀친 사람은 운 나쁘게도 마라톤대회에 출전한 선수였으며, 더구나 그 선수는 지금 선두, 즉 일등으로 달리고 있는 중이다.

그 선수의 울긋불긋한 민소매 상의 등판에는 '2'라는 배번호가 붙어 있었다.

나중에 알게 된 사실이지만 배번호 '2'라는 것은 해당 마라톤대회에서 2번째로 우승할 가능성이 높은 선수에게 주어지는 번호였다.

이 마라톤대회에 얼마나 많은 선수가 참가했는지는 모르지만, 지금 태수가 쫓고 있는 선수는 2번째로 잘 달리는 선수라는 뜻이다.

"으헉헉……."

태수는 아까 급히 먹은 늦은 아침밥이 채 소화가 되지도 않은 상태라서 명치가 답답하고 토할 것 같은 기분이다.

처음에 2번 선수를 뒤쫓기 시작해서 얼마 달리지 않았을 때 길가 가로등에 '2㎞'라는 팻말이 붙어 있는 것을 보았다.

그것은 출발선에서 '2㎞' 달렸다는 뜻이다. 마라톤에 대한 지식이 거의 없는 태수지만 마라톤이 42.195㎞를 달려서 골인한다는 상식쯤은 알고 있었다.

그런데 태수는 2㎞ 지점부터 달리기 시작했으니까 앞으로 무려 40.195㎞씩이나 남았다는 뜻이다.

아니, 조금 전에 지나친 오른쪽 가로등에 '6㎞'라는 팻말이 붙어 있는 것을 봤으니까 이제 36.195㎞가 남았으며, 태수가 2번 선수를 뒤쫓기 시작해서 4㎞나 달려왔다는 얘기다.

거기에 생각이 미쳤을 때 태수의 정신은 이제 이쯤에서 멈춰야 한다고 아우성을 쳤다.

하지만 그의 찢어지게 가난한 궁핍이 그래서는 안 된다고 오기를 부렸다.

저기 앞에 뛰어가고 있는 2번을 붙잡아서 변상을 받지 못한다면 중국집 알바에서 쫓겨나는 게 문제가 아니다.

태수가 제 돈으로 음식값을 변상해 줘야 하는 것은 물론이고, 망가진 자전거를 끌고 원룸으로 돌아가서 저녁부터는 쫄쫄 굶을 수밖에 없는 현실의 벽에 부닥쳐야 한다는 사실이 더 큰 문제다.

도로 오른쪽 가장자리에는 형형색색의 반바지에 민소매, 스포츠 고글에 갖가지 모자를 쓴 마라톤 선수들이 길게 줄지어서 느릿하게 달리고 있다. 아니, 그들은 선수라기보다는 그냥 참가자들 같았다.

도로 가장자리로 느리게 달리는 그들은 무엇이고, 도로의 거의 한가운데 중앙선 바로 오른쪽에서 달리는 2번은 또 무엇인지 구분이 되지 않았다.

한 가지 다른 점은 2번과 태수의 달리는 속도가 도로 가장자리로 달리는 참가자들보다 최소한 두 배 이상 빠르다는 사실이다.

"헉헉헉! 야! 인마! 거기 안 서!"

태수는 점점 멀어지다가 이제는 70m까지 멀어진 2번을 향해 악다구니를 쓰고는 갑자기 도로 옆에 허리를 꺾으며 토하기 시작했다.

"우웩! 웨액!"

그렇지 않아도 소화가 안 돼서 속이 부대꼈는데 악을 쓰다가 넘어와 버린 것이다.

똥물까지 다 토하고 나니까 오히려 뱃속이 편하고 정신이 좀 맑아진 것 같았다.

힐끗 쳐다보니까 2번은 100m 이상 멀어졌다. 그걸 보고 있자니 꼭지가 확 돌았다.

"우라질… 내가 널 못 잡으면 사람새끼가 아니다."

그는 손등으로 입에 묻은 토사물 찌꺼기를 문지르면서 일어나며 눈에 불을 켰다.

신기한 일이다.

토하고 나서 다시 달리기 시작할 때부터는 처음 4km를 달렸을 때보다 훨씬 덜 힘들었다.

심장과 허파가 목구멍 밖으로 튀어나올 것 같던 고통도 지금은 어느 정도 가라앉았다.

무엇보다도 쇳덩이를 끌고 가는 것처럼 천근만근 무겁던 두 다리가 가벼워졌다.

왜 그런 변화가 일어났는지는 알 수가 없다. 다만 달리는 게 편해졌다는 사실이 그저 고마울 따름이다.

그렇지만 좋아하기는 이르다. 태수와 2번 선수의 거리는 이제 200m로 벌어진 상태다.

태수는 소싯적부터 달리는 거라면 어느 누구에게도 지지 않을 정도로 자신이 있었지만 저 2번은 정말 잘 달렸다.

키도 태수보다 작은 것 같고 깡마른 체구인 것 같은데, 얼마나 빠르게 종종걸음으로 달리는지 두 다리가 보이지 않을 정도다.

이제 2번은 시내를 벗어나 시골로 구불구불 뻗은 도로를 힘차게 달리고 있다.

탁탁탁탁…….

"헉헉헉헉……."

숨이 많이 찼지만 태수로선 아직 견딜 만했다. 무엇보다도 달리는 발걸음과 호흡이 규칙적이 되었다.

마치 옛날 증기기관차가 칙칙폭폭 하면서 달리는 것처럼 그의 호흡과 두 발은 헉헉! 탁탁! 하면서 일정한 리듬에 맞춰서 달렸다.

그때 오른쪽 가로등에 다시 거리 표시가 나타났는데 이번에는 9㎞다.

이제 보니까 매 1㎞마다 거리 표시가 있다. 그리고 2번을 뒤쫓기 시작해서 벌써 7㎞나 달렸다.

예전 그가 다녔던 초등학교는 집에서 9㎞였고, 읍에 있던 중학교와 고등학교는 집에서 15㎞나 멀리 떨어진 곳에 있었다.

봄, 여름, 가을에는 자전거를 타고 통학했지만 겨울에는 눈과 추위 때문에 거의 걸어서 다녀야 했었다. 그렇지만 그는 걷기보다는 늘 달렸었다. 그래서 자전거 타는 것과는 달리는 거라면 이력이 난 그다.

그 당시에는 학교에 가느라 달렸었지만 지금은 음식값을 받으려고 달리고 있다.

이제 막 9㎞를 지났으니까 앞으로 33㎞나 더 달려야만 한다. 지금은 그런대로 잘 달리고 있지만 언제 멈추게 될지 알 수가 없다.

4월 초라서 아직은 쌀쌀한 날씨지만 달리게 되면 체온이 급격하게 상승한다.

그러니까 태수처럼 아래에는 청바지에 위에는 티셔츠와 점퍼까지 껴입은 상태로는 사우나에 앉아서 푹푹 찌는 것이나 다름이 없다.

그렇다고 옷을 벗을 수는 없다. 중국집 첫 알바라고 없는 옷에서 아끼는 점퍼와 티셔츠를 입고 왔는데 어딘지도 모르는 곳에 벗어 던질 수는 없다.

그나마 그가 일 년 사시사철 운동화를 즐겨 신고 다닌다는 게 이럴 때는 다행이다.

만약 구두를 신고 있었으면 몇 킬로미터 달리지도 못하고 포기했을 것이다.

어쨌거나 이런 식으로 계속 달리는 것은 좋지 않다. 앞으로 33㎞씩이나 더 달릴 수는 없다. 그러니까 지금보다 조금 더 빨리 달려서 무조건 2번을 붙잡아야만 한다.

"이… 이……."

태수는 어금니를 악물고 두 다리를 지금보다 더 빠르게 움직이기 시작했다.

아스팔트의 백색 차선이 빠르게 확확 앞으로 당겨 왔다가는 뒤로 사라졌다.

"학학학학……."

그러자 2번하고의 거리가 200m에서 점점 좁혀들어 이윽고 20m까지 좁혀졌다.

"헉헉헉! 야! 거기 서! 이 자식아! 학학학!"

태수는 악을 써서 소리 지르는 한편 20m를 10m로 좁혀가려고 머리에 뚜껑이 열릴 정도로 달렸다.

2번이 달리면서 힐끗 뒤돌아보았다. 그의 얼굴에 질린다는 표정이 떠오른 게 언뜻 보였다.

그렇지만 2번은 멈추지 않고 오히려 조금 더 속도를 내서 달리기 시작했다.

태수는 갑자기 2번과의 거리가 쑥 벌어지자 필사적으로 두 다리를 빠르게 움직여 10m를 유지했다.

그때 저만치 2번 앞쪽의 도로 중앙선에 푯말 하나가 우뚝 서 있는 게 보였다.

푯말에는 '하프 반환점'이라 쓰여 있으며 팔에 완장을 차고 모자를 쓴 몇 사람이 어슬렁거리면서 서 있다.

'하프? 저게 뭐야?'

하프? half? 혹시 마라톤 42.195km의 절반이라는 뜻인가?

머릿속에서 그런 생각을 하고 있는 사이에 2번이 갑자기 푯말을 휙 돌아 중앙선 너머에서 태수와 마주 보며 달려오기 시작했다.

그러나 깜짝 놀란 태수가 엉거주춤하는 사이에 무지갯빛 스포츠 고글을 쓴 2번은 쏜살같이 그를 지나쳐서 왔던 방향으로 냅다 달려갔다.

태수는 그냥 그 자리에서 방향을 바꿔 2번을 뒤쫓으면 될 텐데 그도 몇 걸음 더 가서 반환점을 돌았다.

마라톤 선수를 뒤쫓다 보니까 무의식중에 룰을 지켜야 한다고 생각한 모양이다.

반환점을 돌다가 얼핏 본 것인데, 도로 가장자리에 느리게 달리고 있는 사람들은 반환점을 그냥 지나쳐서 계속 달려가고 있었다. 그들은 42.195㎞를 다 뛸 모양이다.

어쨌든 태수로서는 마라톤 풀코스 42.195㎞를 다 뛰지 않게 된 것이 얼마나 다행한 일인지 모른다.

그리고 태수는 시내에 다시 들어와서야 중요한 사실을 깨닫게 되었다.

그가 중국집 알바를 하고 있는 경북 영주시에서 오늘 '소백산 마라톤대회'를 개최하고 있었던 것이다.

골인 지점은 영주 시민운동장 안에 마련되어 있었다.

사회자의 고함 소리와 많은 사람의 박수 소리가 시끄러운 가운데 2번은 골인 지점의 아리따운 아가씨 두 명이 잡고 있는 테이프를 끊으면서 하프 일등으로 골인했다.

그리고 태수는 2번하고 10m 차이로 골라인을 통과했다.

"으헉헉……."

쿠당—

그는 골인 지점을 통과하자마자 앞으로 고꾸라졌다가 하늘을 보고 벌렁 누운 채 가쁜 숨을 몰아쉬었다.

그는 누운 채 재빨리 주위를 둘러보다가 가까운 곳에 2번이 벌렁 누워서 헐떡거리고 있는 모습을 발견했다.

쓰러져 있는 2번 주위에는 동료인 듯한 여러 명이 둘러서서 그에게 물병을 내밀고 땀을 닦아주면서 기쁨의 함성을 질러대고 있었다.

"형준아! 너 기록 깼어! 인마! 축하한다!"

"우와! 저기 봐! 넷 타임이 1시간 13분이야!"

태수는 네 발로 기다시피 그에게 다가가 2번 몸 위에 포개듯이 엎어졌다.

"헉헉헉… 너… 이 새끼……."

"으헉헉… 이… 이봐……."

태수가 덮치는 바람에 고글이 삐딱하게 벗겨진 2번 박형준은 완전히 탈진해서 대자로 뻗은 채 헐떡거렸다.

"헉헉… 당신… 뭐야?"

"헉헉헉… 뭐냐고? 네가 날 밀어서 내 자전거하고 배달하고 있던 중국요리가 작살났잖아! 당장 물어내! 제기랄!"

박형준은 눈빛이 흔들리더니 어이없다는 표정을 지었다.

"그거… 였어?"

제13회 영주소백산마라톤대회 하프코스 21.0975㎞에서 박형준은 1시간 13분 27초로 대회 신기록을 세웠다.

박형준은 태수 덕분에 자신의 개인 최고기록 1시간 15분 40초를 무려 2분 넘게 단축했다면서 몹시 기뻐했다.

그는 태수가 자신이 2㎞ 지점에서 밀친 사람이라는 사실을 모르고 있었다.

그저 어떤 놈이 죽어라고 뒤따라오면서 잡아 죽일 것처럼 욕을 하니까 조금 겁이 나기도 해서 뭐 빠지게 전력을 다해서 뛰었을 뿐이라는 거다.

하지만 박형준은 자기가 2㎞ 조금 못 미친 지점에서 자전거를 탄 사람하고 부딪칠 뻔해서 무심결에 손으로 밀었다는 사실을 기억하고 있었다.

"어디 다친 데는 없나?"

35세의 나이로 경북 안동시청 공무원의 신분인 박형준은 자기 개인 최고기록을 경신하게 해준 태수에게 고마워하면서 물었다.

태수는 무릎과 어깨가 아팠지만 견딜만했다.

"음식값하고 자전거 수리비 변상해 주쇼."

그는 박형준이 자기보다 10살이나 많은데다 순순히 자신의 잘못을 인정하는 걸 보고는 많이 누그러졌다.

"당연히 줘야지."

박형준은 흔쾌히 대답했다.

결론적으로 태수는 그날 박형준에게 음식값과 자전거 수리비, 치료비까지 합쳐서 푸짐하게 20만 원을 받았다.

돈을 받아낼 수 있을까 고심했던 태수로서는 뜻밖의 횡재가 아닐 수 없다.

음식값에 자전거 수리비, 못 받게 된 오늘 알바비를 제외하고도 10만 원 정도 남을 액수라서 태수는 기분이 조금 좋아졌다.

그는 이번 일로 몇 가지 새로운 사실을 알게 되었다.

소백산마라톤대회의 풀코스 42.195㎞ 우승 상금은 50만 원이고 하프코스는 40만 원, 10㎞도 있으며 상금이 30만 원이라는 사실이다.

그러니까 박형준은 그날 40만 원의 상금을 받게 된 것이다.

하지만 그는 상금보다는 자신의 하프 개인 최고기록을 2분이나 경신했다는 사실을 더 기뻐했다.

그래서 태수가 말만 잘하면 상금 40만 원을 다 줄 것 같기도 했으나 치사한 것 같아서 20만 원으로 만족했다.

"자네 이름이 뭔가?"

"한태수입니다."

태수는 10살 연상의 박형준에게 존대를 했다.

"가세. 저기 가서 뭐 좀 먹자고."

박형준이 마치 형처럼 태수의 팔을 잡아끌었다.

소백산마라톤대회가 벌어지는 영주 시민운동장 바깥 잔디밭에는 수십 개의 텐트가 줄지어 늘어서 있으며, 고기를 볶고 국수를 삶고 여러 가지 음식을 만들고 나누어 주느라 부산했다.

안동시청 마라톤 동호회 소속인 박형준은 태수를 자기들 동호회 천막으로 데려가서 이것저것 배불리 먹여주었다.

박형준이 하프코스 우승을 한 데다가 개인 최고기록을 세운 것 때문에 동호회 천막 안은 축제 분위기다.

그러는 동안 영주하고 가까운 안동 MBC와 안동 KBS, 그리고 소백산마라톤을 주최하는 매일신문사에서 박형준을 인터뷰하느라 한바탕 작은 소란을 피웠다.

인터뷰가 끝난 후 태수와 박형준은 안동시청 마라톤 동호회 회원들이 친절하게 갖다 준 돼지고기볶음과 국수를 맛있게 먹으면서 걸쭉한 막걸리까지 두 사발 들이켰다.

"자네 육상선수 출신인가?"

이윽고 박형준이 궁금하던 것을 물었다. 태수가 중, 고등학교 시절이나 대학 때 육상선수였다면 오늘의 의문이 쉽게 풀릴 것이기 때문이다.

"아닙니다."

태수는 돼지고기를 입에 한가득 넣고 우물우물 씹으면서 고개를 저었다.

"그럼 현재 마라톤 하고 있나?"

"그럴 시간 없습니다."

"허어……."

박형준은 어이없다는 표정을 지었다.

"자네 몇 살인가?"

"스물다섯입니다."

태수는 먹기 바빴다. 언제 돼지고기를 푸지게 먹었는지 기억도 까마득해서 이런 기회에 실컷 포식하려는 것이다.

박형준은 걸신들린 것처럼 먹어대는 태수를 물끄러미 보다가 다시 물었다.

"자네 몇 입나?"

"네?"

"신체 사이즈 말이야. 대충 봐서는 100 정도면 맞을 것 같은데……."

"그렇습니다. 100 입습니다."

태수는 키 178㎝에 체중 65㎏이다. 그는 박형준이 왜 그런 걸 묻는 건지 짐작하지 못했다.

"신발 사이즈는?"

"아마 270일 겁니다. 그런데 그건 왜……."

"잠깐 기다리게."

박형준은 그렇게 말하고는 어디론가 갔다가 잠시 후에 옷 한 벌과 운동화 한 켤레를 들고 와서 태수 맞은편에 앉으며 내밀었다.

"받게."

"이게 뭡니까?"

"내가 입던 마라톤 훈련복인데 100사이즈야. 팬츠하고 싱글 렛이지. 그리고 이건 내가 몇 번 신었던 연습용 런닝화인데 쿠션이 있는 거지만 신을 만한 거야."

태수는 얼떨결에 받고 이리저리 살펴보았다. 윗도리는 민소매인데 종잇장처럼 얇았고 팬츠는 수영복처럼 짧았다. 그리고 런닝화라는 건 일반 운동화하고는 다른 모양이며 매우 가벼웠다.

박형준은 태수가 런닝화를 만지작거리면서 살피는 걸 보며 설명했다.

"내 발 사이즈는 265지만 그건 270일세. 달림이들은 발톱이나 발가락 다치지 않으려고 다들 5mm 정도 큰 걸 신는다네."

"달림이……."

"아! 마라톤 하는 사람을 달림이라고 하네."

그런데 싱글렛과 팬츠 운동화가 모두 같은 상표, 즉 아식스 것이었다.

박형준이 빙그레 미소 지었다.

"내 스폰서가 아식스야. 그래서 다 공짜로 얻어서 쓰지."

"네……."

태수는 별다른 의미 없이 고개를 끄떡였다.

박형준은 태수 어깨에 손을 얹고 진지하게 덧붙였다.

"자네 꼭 마라톤하게. 모르긴 해도 아마 자네 정도라면 돌풍을 일으킬 거야."

그는 태수의 팔을 잡아서 일으켰다.

"어디 일어나 보게."

태수의 키는 178㎝지만 마른 체형이라서 더 커 보였다. 박형준은 태수보다 머리 반 정도가 작았지만 팔다리의 근육이 장난 아니게 단단했다.

"난 168㎝에 체중 63㎏라네."

그는 땀 때문에 후줄근하게 젖은 청바지 속 태수의 허벅지를 손가락으로 꾹꾹 눌렀다.

"자네 두 걸음 뛸 때 나는 세 걸음 뛰어야 하네. 그것만 봐도 자네가 얼마나 유리한가."

"네……."

박형준은 몸을 일으켜 태수의 어깨를 두드리며 다시 한 번 당부했다.

"하프코스를 1시간 13분에 뛰는 건 젊다고 누구나 할 수 있는 게 아닐세."

배달 나간 지 4시간 만에 자전거를 끌고 돌아간 중국집에서는 당연히 잘렸다.

중국집 사장의 잔소리를 귓등으로 흘리면서 음식값 2만 5천원을 물어주고 홀가분하게 중국집을 나왔다.

끌고 온 자전거를 살펴보니 다행히 체인이 벗겨지고 핸들이 돌아갔을 뿐이지 망가지지 않아서 그걸 타고 원룸이 있는 안동으로 향했다.

오늘 이른 아침에 서둘러서 부지런히 자전거를 타고 안동에서 영주까지 얼추 40㎞를 왔었고, 지금 또다시 그 길을 되돌아가야 한다.

말이 40㎞지 영주에서 안동까지의 국도는 가파른 언덕이 수두룩해서 힘도 들지만 시간을 많이 잡아먹는다.

평지 같으면 그의 자전거 실력으로 30분이면 너끈한데 언덕 때문에 1시간 가까이 걸렸었다.

그날 밤. 안동의 번화가 옥동 먹자골목의 시급 8천 원짜리 호프집 6시간 알바까지 끝내고 400미터 거리에 있는 원룸에 돌아오니까 새벽 3시. 태수는 그대로 옷을 입은 채 씻지도 않고 뻗어버렸다.

꿈을 꿨다.

근사한 독일제 바바리아(Bavaria)45 크루저요트를 타고 유럽의 여러 강과 운하를 따라서 여행을 하는 꿈이었다.

꿈속에서 그는 예쁜 아내도 있고 돈 걱정은 하지 않아도 되는 대단한 부자로 등장했다.

꿈속에서의 요트는 공간이동을 하는 것인지 독일의 엘베강과 운하 곳곳을 유유히 흐르다가 어느새 프랑스의 세느강 어느 지류 강가에 있는 레스토랑에서 훌륭한 식사를 하기도 했다.

그러다가 밤에는 어느새 스웨덴에 도착했는데 발트해 어느 평화로운 항구에 요트의 닻을 내리고 잠을 잤다.

예쁠 뿐만 아니라 몸매도 환상적인 아내와 요트의 침실에서 뜨거운 사랑을 나누고 있었는데 결정적인 순간에 휴대폰의 알람이 울어서 잠이 깼다.

"……."

눈을 뜨고 멀뚱하게 천장을 바라보았다. 중국집 알바 때문에 아침 7시에 맞춰놓은 알람이다.

이제는 필요 없게 됐는데 해제하는 걸 깜빡했더니 중요한 순간에 훼방을 놓았다.

태수의 인생 목표는 근사한 요트에 예쁜 아내를 태우고 거칠 것 없이 세계 일주를 하는 것이다.

지금 그의 처지로 봐서는 그 목표를 이루는 데 수십 년이 걸릴지도, 아니면 살아생전에는 이루지 못할지도 모른다.

그런데 오늘 꾼 꿈속에서는 더 이상 바랄 게 없이 모든 게 완벽하게 갖춰져 있었다.

세일링요트의 최고봉인 독일제 바바리아, 그것도 45피트짜리에 예쁘고 늘씬하며 사랑스러운 아내, 그리고 북유럽의 강과 운하, 바닷가, 레스토랑…….

꿈속에서의 태수와 아내는 늙지 않았다. 기껏 해봐야 이십 대 후반에서 삼십 대 초반의 젊은 나이였다.

그리고 꿈속에서의 아내는 얼굴이 기억나지 않지만 혜원이 아닌 것만은 분명했다.

그러고 보니까 혜원을 못 본 지 보름이 넘었다.

하루에 한 번 이상 꼭 통화를 했었는데 지난 사나흘 동안은 전화도 오지 않았다.

그러나 혜원은 언제나 밝고 씩씩하니까 그다지 걱정이 되지는 않았다. 걱정이라면 그녀의 몫이다.

엄마와 여동생보다도 태수를 더 많이 걱정해 주는 사람이 바로 혜원이다.

그런데 꿈속의 아내가 혜원이 아니었다는 사실이 한낱 꿈인데도 영 찜찜했다.

"으그그……."

한 발자국을 걷는데 입에서 신음 소리가 저절로 흘러나왔다.

온몸이 아프지 않은 곳이 없다.

특히 두 다리는 무겁기가 천 근 같고 가만히 있어도 욱신거리는데 조금 움직이기만 하면 칼로 난도질하는 것처럼 고통스럽다.

그다음 아픈 곳이 허리고 그다음은 양쪽 어깨와 가슴, 목 순서다.

원인은 어제 소백산마라톤에서 2번 박형준을 잡으려고 전력 질주를 했기 때문이다.

군대에서 유격훈련이나 구보를 빡세게 받고 나면 여기저기 결리고 쑤셨지만 이 정도까진 아니었다.

이건 뭐 몸을 뒤척이는 것조차도 힘들 정도로 무지하게 아팠다.

태수는 2㎞ 지점부터 달렸지만 사실 하프코스 21㎞를 거의 다 달린 것이나 다름이 없다.

만약 처음 출발선부터 정식으로 뛰었으면 그가 2위로 골인했을 것이다. 아니, 어쩌면 박형준을 앞질러서 1위 우승을 했을지도 모른다.

'하프 우승 상금이 40만 원이라고?'

태수는 온몸이 아파서 생난리를 치면서 간신히 라면 하나를 끓여 냄비째 시어 빠진 김치하고 앉은뱅이 상에 갖다놓고는 그 앞에 앉아서 젓가락을 들다가 눈을 껌뻑거렸다.

어제는 경황 중이라서 대충 흘려 넘겼지만 지금 생각해 보니까 그는 2위로 골인한 거나 다름이 없었다.

나중에 박형준과 함께 그의 동호회 천막에서 음식을 먹다가 우연히 듣게 된 사실인데, 그 대회 하프코스 2위 기록은 1시간 17분이었다는 것이다. 박형준하고 무려 4분이나 차이가 나는 기록이다. 물론 태수하고도 4분 차이가 났다.

그러니까 만약 태수가 정식으로 등록을 하고 출발선부터 뛰었으면 2등 상금 30만 원이 그의 몫이었을 것이다.

30만 원이면 그가 5일 동안 아침부터 자정 넘어 새벽까지 거의 미친 듯이 알바를 해야 벌 수 있는 액수다.

그걸 마라톤 하프 21㎞를 뛰고 한 시간 남짓 만에 벌 수 있다는 것이다.

딸깍…….

그는 라면을 먹으려다가 젓가락을 내려놓고는 휴대폰을 집어들고 인터넷 포털사이트에 들어가서 검색을 해봤다.

마라… 두 글자를 치니까 맨 위에 '마라톤경기일정'이 뜨고 그다음에 '마라톤온라인'이라는 게 떴다.

우선 '마라톤경기일정'을 누르니까 별것 아니라서 이번에는 '마라톤온라인'을 눌러봤다.

거긴 '마라톤온라인'이라는 사이트였다. 맨 윗줄에 '대회 일정'을 클릭하니까 이미 지난 올해 3월 1일부터 치러진 마라톤대회들이 주르르 나왔다.

그 아래로 죽 훑으니까 3월에 치러진 마라톤대회만 수십 개에 달했다.

그리고 4월 첫째 일요일인 어제 5일에 합천벚꽃마라톤, 나주혁신도시영산강마라톤, 그 아래에 제13회 영주소백산마라톤이 있었다.

영주소백산마라톤을 클릭했다.

제일 먼저 시야에 들어오는 게 '대회요강'이다.

참가비. 풀코스와 하프코스는 3만 원, 10㎞는 2만 5천 원. 5㎞도 있다. 그건 1만 5천 원이다.

상금. 풀코스 1위 50만 원, 2위 40만 원, 3위 30만 원인데 여자도 같다.

하프코스 1위 40만 원, 2위 30만 원, 3위 20만 원. 여자 이하 동문.

10㎞ 1위는 25만 원. 이건 볼 것도 없다.

만약 태수가 마라톤대회에 나간다면 무조건 풀코스 아니면 하프코스다.

풀코스 참가비와 하프코스 참가비가 똑같다. 그런데도 상금은 풀코스가 10만 원이나 더 많다. 하프코스보다 두 배 길기 때문일 것이다. 상황이 그렇다면 미쳤다고 하프코스 뛰겠는가. 당연히 풀코스지.

상금란 말미에 '건 타임 시상'이라고 써 있는데 그게 무슨 뜻인지는 모르겠다.

소백산마라톤은 이미 끝난 대회니까 가장 빠른 마라톤대회가 뭐가 있는지 다시 주르르 아래로 내려갔다.

그런데 어제 날짜로 이미 지난 '대구국제마라톤'이 눈에 확

들어왔다.

'국제'가 붙었으니까 뭐가 달라도 다를 것 같아서 클릭했다.

과연 달랐다. 참가비는 풀코스 6만 원으로 소백산마라톤의 2배다. 하프코스는 4만 원으로 1만 원 비싸다.

그런데 상금이 장난 아니다. '마스터즈 시상금'이라고 적힌 아래쪽에 풀코스 1위 상금이 무려 200만 원이다. 남녀평등이니까 여자도 200만 원.

2위 100만 원, 3위 70만 원 등등……

하프코스 1위 상금은 남녀 100만 원, 2위 70만 원. 가슴이 쿵쾅거려서 그다음은 패스.

그런데 중요한 건 대구국제마라톤이 4월 5일 어제 끝났다는 사실이다.

태수는 마음보다 손이 더 급해졌다. 쥐뿔도 없는 그의 인생에서 금맥을 발견한 것 같았다.

휴대폰을 아래로 죽 훑어 내리다가 다시 원위치. 대구국제마라톤 다음부터 하나씩 차근차근 맨 아래까지 다 자세히 살피면서 중요한 것은 따로 노트에 기록했다.

'마라톤온라인' 사이트의 '대회 일정'을 살펴보니까 일 년에 전국에서 열리는 마라톤대회가 수백 개다. 얼추 잡아도 5백 개는 넘는 것 같았다.

그렇지만 상금을 주는 대회가 있는가 하면 상품권이나 부상으로 지역특산물을 주는 대회도 있고, 태수 입장에서 봤을 때 최악의 대회는 트로피와 상장만 달랑 주고 때우는 곳인데 그런 곳은 거들떠보지도 않았다.

오늘이 4월 6일 월요일이고 돌아오는 일요일 4월 12일에 개최하는 마라톤대회 역시 수두룩했다.

태수가 살고 있는 안동에서도 4월 12일에 '안동낙동강변마라톤대회'가 열리는데, 이런 제기랄. 1위가 100만 원 상당의 부상이란다. 상금으로 돈을 주지 않으면 관심이 없다. 부상으로 무엇을 주는지는 몰라도 그런 걸 받아서 뭐하겠는가.

4월 12일에 개최하는 마라톤대회가 꽤 많은데 상금을 주는 곳은 몇 안 되고, 그중에서도 '새만금국제마라톤대회'의 상금이 가장 크다.

그런데 헷갈리는 게 있다. '엘리트 국제' 풀코스 남자 1위 상금이 미화로 무려 2만 달러다.

1달러에 천 원씩 대충 계산해 봐도 우리 돈으로 2천만 원인데, '엘리트 국제'라는 게 뭔지 모르겠다.

2위 1만 달러, 3위 8천 달러. 이건 3위만 해도 자그마치 8백만 원이라는 얘기다. 눈이 뒤집힐 일이다.

그리고 그 아래 '마스터즈' 풀코스 1위 상금이 1백만 원이고 2위 70만 원, 3위 50만 원이다.

그런데 '엘리트 국제'와 '마스터즈'의 차이점을 모르겠다. 영어 사전을 찾아봐도 '마스터즈'라는 것은 미국의 무슨 골프대회를 가리킨다는데, 어째서 마라톤에 '마스터즈'라는 게 있는 건지 도통 모를 일이다.

결국 '새만금국제마라톤대회'를 주최하는 측에 직접 전화를 걸어보고 나서야 의문이 풀렸다. 아니, 의문만 풀린 게 아니라 기운까지 풀려 버렸다.

주최 측에 의하면 '엘리트'는 마라톤협회에 정식으로 등록된 선수를 가리키고, '마스터즈'는 아마추어라는 것이다.

'엘리트 국제부'에는 전 세계 내로라는 선수들과 국내의 날고 기는 선수들이 죄다 참가한다고 한다.

'마스터즈부'의 참가자격은 만 18세 이상의 남녀면 누구나 가능하다고도 했다.

'엘리트 국제부'에 참가하지 못하는 게 원통하지만 태수는 '마스터즈부'에 참가하기로 결정했다.

그런데 막판에 마가 끼었다. 그게 그의 기운을 빼버렸다. 이 대회는 3월 20일에 참가 신청이 마감되었다는 것이다.

그래서 다른 마라톤대회들을 살펴보니까 대부분 한 달 전에 참가 신청이 마감되거나 인원이 다 차면 조기 마감되는 경우도 있다는 새로운 사실을 알게 되었다.

다시 마라톤온라인 대회 일정을 찬찬이 살피다가 검색을 시작한 지 두 시간 만에 마침내 결정을 했다.

참가 신청 마감일과 1위 상금 액수, 참가비, 안동에서의 거리 등을 따져 보고 4월 26일에 개최하는 '성주참외마라톤'으로 낙점했다.

풀코스는 없고 하프코스 1위 상금이 50만 원이다. 소백산마라톤보다 10만 원 더 많다. 그게 어디냐?

'그건 무조건 내 거다.'

태수는 주먹을 힘껏 움켜쥐었다. 다른 건 볼 필요도 없다. 참가비 3만 원에 상금 50만 원이면 거저먹기다.

남의 돈 벌기가 얼마나 등골이 휠 정도로 어려운지 고등학교 졸업하고 나서 군대 2년 빼고 줄곧 알바를 하면서 뼛속 깊이 경험을 한태수다.

그런데 한 가지 아쉬운 점은 하루에 한 대회밖에 뛸 수가 없다는 사실이다.

4월 26일에 상금을 주는 대회가 꽤 많지만 전부 아침 9시에서 10시 사이에 출발하기 때문이다.

그래서 태수는 최선의 방법을 생각해 냈는데 그건 4월 26일부터 매주 일요일 마라톤대회에 나가는 것이다. 마라톤대회는 거의 다 일요일에 개최한다. 물론 가장 많은 상금을 주는 대회가 우선이다.

그로부터 다시 한 시간 후에 그는 6월까지 마라톤대회 6개를

더 참가 신청을 한 후에야 비로소 불어터진 라면을 먹기 시작
했다.

"후루룩……."

문득 아까 꾼 요트 꿈이 단순히 꿈으로만 끝날 것 같지 않을
것이라는 생각이 들었다.

제2장
혜성 출현

20일이 쏜살같이 지나갔다.

그동안 큰 사건이 하나 있었다.

시골에 계신 엄마가 마을 고추밭 품앗이를 하다가 그만 독사에 발목을 물린 것이다.

엄마는 읍내 보건소에서 응급처치를 받고 구급차에 실려 안동병원으로 후송되었다.

그렇지만 태수가 그 사실을 알게 된 것은 그로부터 이틀이나 지나서였다. 엄마가 별일 아니라면서 태수에게 알리지 않았기 때문이다.

엄마의 절친한 이웃 친구이며 읍내에서 작은 식당을 하는 애자 아줌마가 엄마 몰래 연락을 해주지 않았다면 태수는 지적인 안동병원에 입원해 있는 엄마가 퇴원할 때까지 가보지 못했을 것이다.

엄마의 그런 성격을 잘 아는 태수는 평소에 경북식당 애자 아줌마와 가끔 통화를 해서 엄마의 안부를 묻곤 했었다.

엄마와 애자 아줌마는 두 분 다 일찍 남편을 잃고 홀몸이 되어 이웃에서 서로 의지하면서 사신다.

엄마의 입원 소식을 듣고 놀란 태수가 안동병원으로 달려갔을 때에는 엄마는 퉁퉁 부은 다리를 이불로 감추면서 한사코 별것 아니라고 손사래를 쳤다. 그러고는 바쁜 태수에게 알렸다고 애꿎은 애자 아줌마만 혼냈다.

의사 말로는 경과가 좋아서 며칠 내로 퇴원을 해도 좋다고 해서 태수는 한시름 놓았다.

태수에겐 여동생이 하나 있으며 현재 고3으로 안동의 명문인 안동여고에 다니면서 기숙사에 있다.

여동생 인화에겐 엄마의 일을 알리지 않았다. 마음 여린 인화가 공부하다가 말고 한달음에 달려와서 울고불고할 것이 뻔하기 때문이다.

다행히 엄마의 경과가 좋다니까 구태여 인화에게까지 알려서 걱정시킬 필요가 없는 것이다. 그런 마음씀씀이는 엄마나 태수나 같았다.

엄마가 안동병원에 입원해 계신 사흘 동안 태수는 밤에 나가는 호프집 알바만 하고 낮에는 엄마 곁을 지켰다.

밤에는 애자 아줌마가 엄마하고 함께 잤다. 그러지 않았으면 태수는 호프집 알바를 하지 못했을 것이다.

엄마가 퇴원하신 다음 날인 4월 17일 금요일에 서울에서 직장 생활을 하는 혜원이 안동으로 내려왔다.

태수보다 2살 어린 23살 혜원은 태수하고 같은 고향이며 영양초등학교 선후배 사이다.

혜원은 어렸을 때부터 영양의 자랑이었다. 전직 영양군수의 외동딸인 그녀는 영양여고를 수석으로 졸업하고 서울 이화여대에 진학하여 수학과를 나와 현재 여의도의 증권회사에 다니고 있다.

혜원의 가문은 영양 남씨 종갓집으로 조상 대대로 영양 최고의 지주로서 영양에 사는 사람치고 하루에도 몇 번씩 그 가문의 땅을 딛지 않고는 생활을 할 수 없을 정도다.

태수가 태어나기 전 총각이었던 부친은 그 종갓집의 마름, 즉 소작인이었다.

엄마는 열 살 남짓 어린 소녀 때부터 그 가문에서 숙식을 하면서 허드렛일을 하다가 나중에 스무 살 남짓에는 부엌의 반빗

아치(찬모)가 되었다고 한다.

나중에는 평소에 부친을 좋게 본 종갓집의 종부 혜원의 친할머니께서 부친과 엄마를 맺어줘서 부부가 되었단다.

그러니까 혜원은 주인집 아가씨였고 태수는 마름과 하녀의 아들이니 옛날로 치면 태수가 혜원의 그림자조차 밟을 수 없는 처지인 것이다.

혜원이 그동안 연락마저 뜸했던 이유는 단순했다. 거의 매일 야근을 하느라 눈코 뜰 새 없이 바빴다는 것이다.

혜원은 아무리 바빠도 한 달에 한 번 꼴로 금요일 밤에 안동에 내려왔다가 이틀 동안 머물고 일요일 저녁에 돌아가곤 했었다.

혜원이 안동에 오면 태수는 토요일 하루는 일을 하지 않고 쉰다. 그리고 그녀가 일요일 저녁에 서울로 올라가면 호프집 알바를 나간다.

혜원이 안동에 와도 둘이서 딱히 하는 일도 없이 금요일 밤부터 일요일 저녁까지 거의 대부분의 시간을 태수의 원룸 안에서만 지낸다.

거리상으로 가까운 안동에는 고향 영양 사람들이 많이 나와서 자리를 잡고 있으며, 또한 쇼핑이나 식사를 하거나 술을 마시러 자주 몰려나온다.

태수와 혜원은 초등학교 시절부터 친했었고 중학교를 거쳐서 고등학교를 졸업할 때까지 영양 읍내에 소문이 자자할 정도의 어린 연인 사이였었다.

그렇지만 두 사람의 관계가 계속 이어져서 결혼까지 갈 거라고 생각하는 사람은 거의 없었다.

말 그대로 주인집 고귀한 아가씨와 마름의 아들이라는 신분 때문이다.

21세기에 신분 타령이라니 고리타분한 얘기지만 시골에는 알게 모르게 그런 사상이 아직도 뿌리 깊게 박혀 있다.

이후 태수가 안동의 전문대에 진학을 했다가 군대에 가게 되었고, 그사이에 혜원은 서울 이화여대에 진학하는 바람에 표면적으로는 두 사람의 사이가 그것으로 끝난 것처럼 보였었다.

하지만 의정부 수송대에 자대 배치를 받은 태수는 거리상 가까운 서울의 혜원과 뻔질나게 만났었다.

게다가 혜원은 틈만 나면 태수를 면회하러 의정부에 달려갔었기 때문에 부대에서도 두 사람은 유명한 커플이었다.

그런 상황인데 만약 태수와 혜원이 안동 시내를 나란히 어슬렁거리다가 고향 영양 사람들 눈에 띄기라도 하는 날엔 영양군 전체가 발칵 뒤집히고 말 것이다.

태수는 9평짜리 원룸 침대에 비스듬히 누워서 낡은 고물 TV

의 자연 다큐멘터리 프로를 보고 있다.

TV는 켜났지만 태수의 시선은 싱크대에서 아침 식사를 준비하고 있는 혜원의 뒷모습에 고정되어 있다.

가스레인지 위에서 국인지 찌개인지 모를 뭔가가 끓는 소리가 보글거리고, 혜원이 호박인지 무인지 모를 뭔가를 썰고 있는 탁탁탁탁… 하는 칼질 소리가 좁은 실내에 평화롭게 울려 퍼졌다.

위에는 헐렁한 트레이닝복을 입고 아래에는 손바닥만 한 팬티에 앞치마를 두른 혜원의 뒷모습을 보고 있자니 태수는 자신들이 마치 신혼살림을 하고 있는 신혼부부 같다는 착각에 빠졌다.

그것은 혜원이 안동에 내려와서 밥을 해줄 때마다 느끼는 감정이다.

태수는 그녀가 원룸에 와 있는 내내 말할 수 없이 좋고 행복하지만, 게으름을 잔뜩 부리고 있는 늦은 아침의 지금 같은 상황을 특히 더 좋아한다. 아니, 즐긴다.

태수는 홀린 듯한 얼굴로 침대에서 내려와 팬티 차림으로 혜원에게 어슬렁거리며 다가갔다.

조그만 팬티를 입고 있는 혜원의 히프는 뽀오얗고 크지도 작지도 않으며 아담한 게 정말 예뻐서 깨물어주고 싶다.

거기에 뒤가 터진 앞치마를 두르고 허리에 나비처럼 묶은 끈이 늘어뜨려져 있는 모습이 아침 댓바람에 태수의 욕정을 자극했다.

어젯밤에 서로 잡아먹을 것처럼 그 난리를 치면서 사랑을 나누었으면서도 아침 식사를 준비하고 있는 혜원의 뒷모습을 본 태수는 끓어오르는 욕정을 참을 길이 없었다.

슥……

태수는 뒤에서 혜원의 허리를 살며시 안으면서 몸을 밀착시켰다.

"어맛?"

혜원은 깜짝 놀랐으나 그를 돌아보며 하얗고 갸름한 얼굴에 배시시 고운 눈웃음을 쳤다.

"다 됐으니까 배고파도 조금만 참아."

태수의 손이 트레이닝복 밑으로 뱀처럼 기어올라 브래지어를 하지 않은 혜원의 탱탱한 가슴을 쓰다듬었다.

"밥 먹기 전에 먼저 먹고 싶은 게 있어."

혜원은 요염하게 눈을 흘기면서 궁둥이로 그를 슬쩍 밀었다.

"오빠……"

태수는 발버둥치는 혜원을 번쩍 안고 침대로 갔다.

20일 동안 있었던 두 가지 일은, 엄마가 독사에 발을 물렸다는 것과 혜원이 안동에 다녀갔다는 것이다.

대망의 4월 26일 아침 8시 57분.

태수는 성주참외마라톤 출발선에 섰다.

영주소백산마라톤에서 만난 박형준이 준 마라톤팬츠와 싱글렛, 런닝화를 신은 태수의 모습은 누가 봐도 근사했다.

마치 예전부터 마라톤을 해오던 사람처럼 보였다.

그런데 그의 상의 하얀 싱글렛 앞쪽에는 '안동시청'이라는 검은 글씨가 선명하게 적혀 있어서 누가 보면 그가 안동시청 소속인 줄 알 것이다.

정식으로 참가비를 내고 성주참외마라톤에 참가한 태수로서는 이곳에서 벌어지는 모든 일이 난생처음 겪는 생소한 것뿐이다.

우선 지방 마라톤대회에 이처럼 많은 사람이 참가했다는 사실에 놀랐다.

공식 집계는 모르겠지만 출발 장소인 성주읍 강가의 성주 성밖숲 운동장에 모인 사람이 대충 잡아도 3천 명은 훌쩍 넘을 것 같았다.

하프코스가 제일 먼저 출발이다. 10㎞와 5㎞ 참가자들은 옆에서 대기하고 있다.

성주 읍내의 무슨 에어로빅팀이 단상에 올라와서 몸 풀기 스트레칭이라는 것도 했고, 성주군수 등 유명 인사들의 축사 비슷한 지겨운 말씀도 들었다.

출발선 아치 위에는 전자시계 3개가 나란히 있는데 거기에는 각각 '하프', '10㎞', '5㎞'라고 적혀 있으며 셋 다 시간이 00.00으로 맞춰져 있다.

여긴 영주소백산마라톤처럼 시민운동장 같은 데서 하는 게 아니라 강가에 집합해서 출발하는 모양이다.

태수에겐 모든 게 신기하고 낯선 광경뿐이다. 세상에 이런 세계가 있는 줄은 전혀 몰랐었는데, 그가 살고 있는 세상의 한편에서는 매주 이런 진풍경이 벌어지고 있었다. 그걸 태수는 까맣게 모르고 있었다.

참가자들은 그야말로 각양각색 천태만상의 모습이다.

그들에게서 한 가지 공통점을 찾으라면 모두 하나같이 멋스럽다는 사실이다.

그들이 얼마나 잘 달리는지는 모르겠지만 모두들 고급스러운 복장에 멋진 고글이며 알록달록한 모자, 매우 비싸 보이는 런닝화 등 이곳이 무슨 패션쇼를 하는 곳이 아닌가 착각이 들 정도다.

하지만 태수는 안동시청 소속 박형준이 준 싱글렛과 팬츠, 런닝화가 전부다. 그것만으로도 그는 충분히 멋있어서 주위의 시선을 받고 있다.

그리고 보니까 다들 손목에 시계 하나씩을 차고 있는데 전자

시계다.

태수가 서 있는 출발선 중간쯤 사람 중에서 시계를 차지 않은 사람은 태수 한 명뿐이다.

시계를 찬 사람들은 시간을 00.00으로 맞추고 사회자의 출발 신호를 기다리고 있는데 말하자면 스톱워치다.

아까 일찍 도착해서 대회장 주변을 어슬렁거리다가 보니까 주변에 마치 장이 선 것처럼 마라톤 용품을 파는 사람들이 많았고 장사꾼들은 대부분 전자시계를 팔고 있었다.

시계 하나에 만 원 남짓하던데 그거라도 하나 살걸 뒤늦은 후회가 들었다.

출발선 안쪽에서 출발 신호를 기다리고 있는 참가자들이 내뿜는 열기가 뜨거웠다.

하프코스 참가자들이 제일 먼저 출발하는데 대략 3~4백 명은 되는 것 같고 여자도 꽤 섞여 있다.

참가자는 하프코스가 제일 적고 그다음이 10㎞, 그리고 5㎞가 가장 많다. 3천 명 중에서 절반은 5㎞ 참가자인 것 같았다.

그걸 보면 대부분의 참가자가 이런 대회를 즐기려고 나왔다는 것을 짐작할 수 있다.

5㎞에는 가족들이 많았고 더구나 대여섯 살짜리 어린아이도 보였으며 심지어 유모차까지 있다.

그러나 태수는 아니다. 밤 호프집 알바도 나가지 않고 경비도 꽤 까먹을 테니까 그에게 이건 전쟁이다.

이 전쟁에서 지면 패잔병이 되는 것이다. 그런 일은 일어나지 않겠지만 만에 하나 그리된다면 쥐약을 사 먹고 죽어야 한다.

태수는 참가자들을 날카롭게 쓱 훑어보았다.

당신들은 즐기러 나왔냐? 나는 살려고 나왔다. 괜히 눈을 부라리면서 전의를 불태워 봤다.

가만히 보니까 참가자들이 출발선 앞쪽에 서려고 신경전을 벌이고 있는데 태수는 그러지 않았다.

출발 신호가 울리면 치고 나갈 생각이고 그럴 자신이 있다. 그는 아직 출발선 앞쪽에 서는 것이 얼마나 중요한 일인지 모르고 있다.

냉정한 승부의 세계에서는 몇 걸음, 심지어 한두 걸음 차이로 1위와 2위의 승부가 갈리기 때문이다.

그때 단상의 사회자가 쉰 목소리로 고함을 질렀다.

"전방에 5초간 함성 발사!"

그러자 참가자들이 와아― 하고 악을 써댔다. 하지만 태수는 제자리 걸음을 뛰면서 호흡을 가다듬었다. 악을 쓰는 것도 기운을 빼는 일이라는 생각이 들었다.

함성을 지르라는 것은 긴장을 풀라는 뜻인데 태수로선 그런 걸 알 바 아니다.

오늘 이 대회 하프코스에서는 그가 무조건 우승을 해야만 한다.

그가 착각한 것이 있다. 참가비 3만 원만 내고 우승을 해서 상금 50만 원을 거머쥐면 무지하게 남는 장사라고 생각했었는데 순진한 초보의 발상이었다.

아무리 생각해 봐도 4월 26일 당일 날 안동을 출발하면 마라톤대회 출발 시간 9시에 맞추지 못할 것 같아서 전날 밤 호프집 알바를 빼먹고 저녁에 대구행 고속버스를 탔었다.

안동에서 성주까지 100㎞ 남짓밖에 안 되지만 직접 오는 차편이 없어서 대구까지 갔다가 찜질방에서 하룻밤을 묵고 아침 일찍 성주로 왔다.

안동에서 성주까지 왕복 차비가 4만 원 가량, 찜질방 8천 원, 어제 저녁 식사비 5천 원까지 합하면 5만 3천 원 지출이다.

돈을 아끼려는 것은 아니었는데 먹을 곳도 마땅하지 않고 밥을 먹으면 체중이 더 나갈 거라는 단순한 생각에 아침 식사는 하지 않았다.

나중에 그것도 악재로 작용할 테지만 초보 달림이 태수는 전혀 모르고 있다.

참가비와 경비에 호프집 알바비 4만 8천 원까지 합하면 토탈 약 13만 원 지출인 셈이다.

그러니까 무조건 우승해야 한다. 만약 운이 나빠서 우승을 못하거나 상금을 받을 수 있는 등수에 들지 못한다면 그야말로

파산선고를 해야만 할 것이다.

"5부터 셉니다!"

사회자가 외쳤다. 태수는 마라톤대회 첫 참가지만 척 봐도 출발 카운트다운이다.

사회자와 하프 참가자들이 함께 목청껏 외쳤다.

"4! 3! 2!"

태수의 온몸은 긴장으로 단단해졌다. 돌이켜 보니 살아오면서 이렇게 긴장했던 적이 한 번도 없는 것 같았다. 그렇지만 기분 좋은 긴장이다.

"1! 출발!"

사회자의 외침과 동시에 출발선의 참가자들이 마치 파도처럼 앞으로 쏟아져 나갔다.

우르르—

탁탁탁탁—

태수 눈에는 전쟁터의 군인들이 적군을 향해 달려가는 것처럼 보였다.

총칼은 갖고 있지 않지만 모두의 눈빛이 총칼이다.

그 파도에 섞여서 태수도 힘차게 튀어 나갔다.

"헉헉헉······."

탁탁탁탁—

당연한 일이지만 역시 태수가 선두로 달리고 있다. 그의 앞에는 구불구불 뻗은 시골 도로뿐 사람도 차도 아무것도 보이지 않는다.

호흡은 가쁘지만 기분 좋은 호흡이다. 그 옛날 중고등학교 시절에 15㎞ 거리의 학교에 등하교할 때 느꼈던 바로 그 상쾌한 호흡이다.

다리도 가볍다. 지금 이 순간만큼은 이 세상에서 그가 제일 빠른 것 같다. 자동차도, 초음속 비행기도, 심지어 빛조차도 태수보다는 느린 것 같다.

더구나 몸이 새털처럼 가벼워서 통통 튀는 것처럼 느껴진다. 아스팔트를 우레탄으로 만든 것도 아닌데 발을 디디면 홀쩍홀쩍 솟구치고 있다.

그리고 또 하나가 있다.

지금 이 순간의 느낌을 그 무엇하고도 바꾸고 싶지 않다.

절정의 오르가즘? 카타르시스? 그런 건 갖다 붙일 수도 없다. 하여튼 최고의 기분이다.

내 몸을 혹사해서 이렇게 말로는 설명하기 어려운 굉장한 쾌감을 느끼다니, 설마 마조히즘인가?

설혹 그렇더라도 상관이 없다.

지금 이 순간의 그는 최고다. 무엇 하나 제대로 풀리는 일 없이 꼬이고 꼬여 버린 인생의 찌들림을 이렇게 달리면서 죄다 날려 버릴 수가 있지 않은가.

'최고다!'

이런 게 있다는 걸 왜 이제야 알게 되었는지 생각해 보면 원통할 정도다.

이 컨디션으로 계속 질주한다면 하프코스 우승은 따놓은 당상이다.

조금 전 도로 우측에서 4㎞라는 팻말을 봤다. 출발해서 4㎞ 왔다는 뜻이다. 이제 시작이지만 끝까지 이 속도와 컨디션을 유지할 자신이 있다.

하하! 마라톤이라는 거, 별거 아니로군? 웃음이 절로 났다.

시계가 없어도 상관없다. 무조건 우승하면 장땡이지 시간을 볼 필요도 없다.

아까 출발선에서 마치 코스프레를 한 것처럼 요란한 복장을 한 참가자들을 보고는 잠시 주눅이 들었었는데 이제는 그런 게 하나도 부럽지 않다.

오타쿠들 애니메이션 코스프레 장난도 아니고 그 꼴이 뭐란 말인가. 웃기는 일이다.

전방 오른쪽에 사람들이 보였다. 사복을 입고 있으며 가만히 보니까 여학생 자원봉사자들인 것 같다.

길가에 책상 몇 개가 늘어서 있고 그 위에 종이컵 수십 개와 생수병들이 놓여 있다.

여학생 몇 명이 양손에 물이 담긴 종이컵을 들고 달려오는 태수에게 주려는 듯 다가오고 있다.

그러나 태수는 전혀 갈증을 느끼지 않았다. 달리기 전에, 그리고 달리면서 기회가 닿는 대로 물을 충분히 많이 마셔둬야 한다는 사실을 그는 모르고 있었다.

하프코스 정도를 달리다 보면 체내의 수분이 땀으로 1리터 이상 배출되기 때문에 물을 충분히 마셔두지 않으면 탈수증이 올 수도 있고 심하면 기절해서 구급차에 실려 갈 수도 있다. 그러다가 재수 없으면 골로 간다.

"헉헉헉헉……."

탁탁탁탁—

태수는 보란 듯이, 그깟 물쯤 마시지 않아도 된다는 듯 급수대를 지나쳐 쌩쌩 달렸다.

햇병아리처럼 뽀샤시한 여학생들이 모두들 입에 손나팔을 만들고 목청껏 응원을 했다.

"오빠! 멋져요! 파이팅!"

"1등하세요! 오빠!"

하하! 염려 마라. 우승은 당연히 내 거다. 그러나 응원은 고맙다.

1m 78㎝에 제법 준수하게 생긴 용모, 늘씬한 체격과 적당히 근육질인 태수가 멋진 아식스 마라톤 복장으로 성큼성큼 달리

는 모습은 여학생들의 가슴을 설레게 하기에 충분했다.

여학생들이 꺅꺅거리는 소리가 등 뒤로 아스라이 멀어졌다.

후후…….

정상에 선 자들의 기분이 이럴까? 태수는 기분이 너무 좋아서 의기양양 웃음이 절로 났다.

탁탁탁탁—

그런데 그때 뒤에서 무슨 소리가 들렸다. 그게 발소리라는 생각을 추호도 하지 않는 태수라서 대체 그 소리가 뭔가 잠시 머리가 복잡해졌다.

태수는 반사적으로 뒤돌아보다가 눈이 튀어나올 뻔했다.

새카만 고글을 쓴 까무잡잡한 사내 하나가 태수의 뒤쪽 10m쯤에서 힘차게 달려오고 있는 게 보였다.

태수보다 머리 하나는 작아 보이는 작달막한 사내가 달려오는 모습이 마치 포효하는 사자 같고 반대로 태수는 사자에게 쫓기는 먹잇감 같은 기분이 들었다.

사내의 새카만 고글이 햇빛을 받아 번뜩였다. 그것조차도 위압적이다.

어떻게 해서 저렇게 빠를 수가 있는지, 아주 짧은 순간이지만 태수의 시선이 사내의 하체로 향했다.

그런데 두 다리가 보이지 않을 정도로 빠르게 교차되고 있다. 저 정도면 태수가 한 걸음 뛸 때 두세 걸음은 뛰는 것 같왔다.

'뭐… 야?'

그뿐이 아니다. 그 사내의 뒤쪽으로는 줄줄이 대여섯 명의 각양각색 복장의 사내들이 마치 사자 떼처럼 달려오고 있지 않은가.

"엇?"

더구나 달리면서 뒤돌아보는 바람에 태수는 자세가 엉켜서 고꾸라질 것처럼 비틀거렸다.

"비켜!"

까무잡잡한 사내가 엉거주춤한 자세의 태수에게 소리쳤으나 그는 어디로 비켜야 할지 몰랐다.

탁탁탁탁…….

태수가 자세를 바로 잡는 사이에 까무잡잡한 사내, 아니, 선수가 휙! 하고 그를 스쳐 지나 앞으로 치고 나갔다.

뒤에서 본 사내의 배번호는 1번이다. 즉 성주참외마라톤 주최 측이 인정하는 최강 우승후보라는 뜻이다.

자기가 초음속 비행기나 빛보다 빠르다고 자신만만했던 태수의 생각은 완벽한 착각이었다.

빛은 저 1번이고 태수는 털털거리는 달구지다. 착각이 깨지면서 비참함이 오물을 뒤집어쓴 것처럼 온몸을 뒤덮었다.

태수가 놀라고 황당해서 머뭇거리고 있는 사이에 뒤따르던 선수들이 줄지어서 쌩쌩 그의 옆을 스쳐 지나 앞으로 쭉쭉 달려 나갔다.

그중 한 명이 태수 곁을 지나며 짧고 강하게 외쳤다.

"힘!"

힘을 내라는 응원인데 반대로 태수의 온몸에서 힘이 쭉 빠져나갔다.

그는 전쟁터에서 낙오 직전에 놓였다.

태수의 뱃속에서 오기가 치밀어 올랐다.

'이런 제기랄! 한번 해보자는 거지?'

아까의 좋았던 리듬은 완전히 깨져 버렸다.

아까는 매우 빠른 증기기관차처럼 칙칙폭폭 하면서 호흡과 발걸음이 딱딱 맞았는데 지금은 호흡하고 발하고 완전히 따로 놀고 있다.

아스팔트를 우레탄으로 깐 것 같다는 착각이 들 정도로 가벼웠던 발걸음은 천근만근, 그가 신은 런닝화 바닥이 쇳덩이고 아스팔트는 지남철인 양 쩍쩍 달라붙었다.

지금까지 그를 추월한 선수는 모두 15명쯤이다. 도대체 몇 명인가 세다가 울화통이 뻗쳐서 그만두었다.

더 성질나는 것은 그를 추월한 마지막 선수의 뒷모습이 지금은 아예 보이지도 않는다는 사실이다.

그의 앞에는 아무도 달리지 않았고, 뒤에서도 발소리가 들리지 않았다.

가파른 고갯길 중턱에서 그는 최초의 절망을 맛보고 있는 중이다.

"학학학학……."

이제 6㎞를 지났을 뿐인데 심장이 목구멍 밖으로 튀어나올 정도로 숨이 차고 심장박동이 마치 드럼을 두드리는 것처럼 빨랐다. 여북하면 그의 귀에도 심장 뛰는 소리가 생생하게 들렸다.

더구나 이 고갯길은 평지보다 열 배 이상 힘든 것 같다. 도무지 속도가 나지 않고 오히려 뒤로 후퇴하는 것 같은 느낌이 들 정도다.

영주소백산마라톤 하프코스에도 언덕이 있었지만 두 개였고 경사도라고 할 것까지 없을 만큼 완만해서 전혀 힘든 줄 몰랐었다.

이런 가파른 고갯길은 태수의 계산에 들어가 있지 않았었다.

지금 이런 몸 상태로 그를 추월한 열다섯 명을 따라잡는다는 것은 절대로 불가능한 일이다.

설혹 그가 16번째로 골인한다고 해도 상금을 받을 수 있는 등수하고는 거리가 멀다. 아디오스. 이걸로 상금은 일장춘몽 봄날의 꿈이다.

그는 패잔병이 되고 말았다.

이 대회에 들어간 경비가 무려 13만 원. 그 피 같은 돈을 허공에 날려 버린 것이다.

그러나 그것보다도 그를 견딜 수 없게 만드는 것은 지독한 열등감이었다.

그것이 그를 비참하게 만들었다. 내가 이 정도밖에 안 되는 놈인가 하는 자괴감에 혀를 깨물어 죽고만 싶었다.

아까 그를 추월한 선수들을 얼핏 봤을 때 다들 3, 40대 아저씨였다.

그런데 25살 팔팔한 태수가 3, 40대 아저씨만도 못하다니 말도 안 된다.

이따위 형편없는 놈이 무슨 수로 혜원처럼 좋은 여자를 마누라로 얻어서 근사한 요트에 태워 함께 세계 일주를 한다는 말인가? 개도 웃을 일이다.

'빌어먹을······.'

욕이 목구멍으로 치밀어 올랐다.

탁탁탁탁······.

그때 태수의 뒤쪽에서 발걸음 소리가 들렸다. 바야흐로 16번째 선수가 그를 추월하려는 것이다.

뒤돌아보고 싶은 생각도 없고 그럴 기운도 없다. 그저 비참함에 비참함이 조금 더 얹어질 뿐이다.

탁탁탁탁······.

16번째 선수가 그의 오른쪽으로 나란히 서서 달리는가 싶어서 슬쩍 쳐다보려니까 어느새 앞으로 치고 나간다.

맙소사! 그런데 50대 노땅이다.

빨간색 빛바랜 나이키 모자에 까만 고글을 썼으며 태수하고 비슷한 키와 체격인데 근육질에 가파른 고갯길을 쑥쑥 치고 올라간다.

25세인 태수가 자기보다 2배 이상 나이의 50대 아저씨에게도 밀리고 있는 것이다.

그 자리에 주저앉고 싶은 절망감이 머리 꼭대기까지 찼으며 발걸음이 훨씬 더 무거워졌다.

그런데 그때 태수는 무언가를 발견하고 눈이 반짝 빛났다. 50대 아저씨의 달리는 폼이 태수하고 달리 좀 특이했다.

상체를 앞으로 많이 숙여서 상체가 고갯길의 경사도와 비슷했으며, 양쪽 팔을 짧게 흔들면서 보폭이 매우 짧았다.

그리고 한 가지가 더 있다. 발뒤꿈치를 바닥에 대지 않고 발의 앞부분으로만 땅을 딛고 있다.

50대 아저씨는 태수하고 키나 체격이 비슷한데 보폭은 절반밖에 되지 않았다.

저 아저씨의 다리가 짧아서가 아니라 가파른 고갯길에서는 보폭을 짧게 해야 하는 것이다.

그 순간 태수는 머릿속이 환해졌다.

'이제 알았다!'

즉시 그대로 따라서 해봤다.

탁탁탁탁······.

이제는 1위의 꿈은 접었다. 그렇지만 태수 자신을 극복하고 싶었다.

그래서 중간에 포기하지 않고 끝까지 완주하고 싶다는 마음이 샘솟았다.

그렇게 해서라도 이 비참한 기분을 조금이라도 보상받고 싶었다.

'이··· 이거다!'

상체를 숙이고 보폭을 짧게 하고 달리니까 가파른 고갯길을 평지처럼 쑥쑥 치고 오를 수가 있다. 숨도 덜 차고 리듬감이 되살아났다.

몇 차례 시행착오를 거쳤으나 오래지 않아서 50대 아저씨처럼 할 수 있게 되었다.

유레카! 깨달음이다. 새로운 사실 하나를 배우고 태수는 어린아이처럼 기뻤다.

그리고 그는 또 하나의 사실을 깨달았다. 자신이 마라톤을 지나치게 가볍게 생각했으며 마라톤에 대한 지식이 전혀 없다는 사실이다.

세상 모든 일은 아무리 하찮게 보이는 거라도 전문 지식이라는 것이 필요하다.

그런데 그는 상금에 눈이 멀어서 무턱대고 마라톤대회에 도 전했던 것이다.

어리석은 짓이었다. 그 대가를 그는 지금 톡톡하게 치르고 있다.

탁탁탁탁······.

잠시 후 고갯길 정상 부분에서 태수는 50대 아저씨 뒤에 바 짝 따라붙었다.

그러나 아저씨를 추월하려다가 문득 어떤 생각이 나서 속도 를 늦추었다.

고갯길 너머는 내리막길일 것이다. 그렇다면 내리막길을 달려 내려가는 방법이 또 있을 것이다. 50대 아저씨가 어떻게 달려 내려가는지 그걸 보고서 배우려는 것이다.

고갯길을 넘자 과연 오른쪽으로 완만하게 굽은 가파른 내리 막길이 길게 나타났다.

태수는 50대 아저씨 뒤에서 5m 거리를 유지하며 뚫어지게 그의 행동을 주시했다.

탁탁탁탁······.

50대 아저씨는 상체를 뒤로 눕히고 체중을 하체에 싣는 자세 를 취한 상태에서 쏜살같이 달려 내려가는데 보폭이 고갯길을 오를 때보다 두 배 이상이다.

'저거로구나.'

내리막길에서는 오르막길을 오를 때의 반대 자세를 취하면 되는 것이다.

그리고 오르막길을 오를 때 까먹은 시간을 내리막길에서 보충한다.

50대 아저씨에게 더 배울 게 없다고 판단한 태수는 쌩하고 그의 옆을 스쳐 지나 바람처럼 내리막길을 달려 내려갔다.

태수는 급격하게 체력이 저하됐다.

지독하게 배가 고파서 뱃속이 꼬였으며 목구멍과 입안이 다 말라서 침도 생기지 않았다.

그제야 그는 아침밥을 먹지 않은 것과 아까 여학생들이 권하는 물을 마시지 않은 게 후회됐다.

그때는 물을 마시지 않는 게 무슨 자랑이라도 되는 것처럼 의기양양했었다.

아침밥은 그렇다 치고 아까 물이라도 충분히 마셔두었으면 이렇게 목마르지는 않을 것이다.

도로 오른편에 9㎞ 팻말이 보였다. 이제 겨우 9㎞다. 앞으로 12㎞나 남았으니 그걸 언제 갈지 까마득했다.

더구나 급수대는 언제쯤이나 나타날 건지 이제는 1위를 하는 것보다 물 한 모금 마시는 게 더 급했다.

그런데 태수는 새로운 난관에 부닥쳤다. 달릴 힘은 충분한데 전혀 속도가 나지 않았다.

아침밥을 먹지 않아서 체력이 떨어지긴 해도 21㎞를 달릴 힘이 없는 것은 아니다.

그는 성큼성큼 보폭을 넓게 해서 달리는 주법이다. 주법이랄 것도 없다. 그냥 되는대로 달리다 보니까 그런 것이다.

두 발을 지금보다 좀 더 빠르게 교차하면 속도가 날 텐데 아무리 기를 써도 마치 자동차 속도를 고정시켜 놓은 것처럼 두 다리의 회전수가 빨라지지 않는다.

탁탁탁탁······.

그때 뒤에서 누군가 달려오는 발걸음 소리가 들렸다.

16번째 50대 추월자 아저씨일 것이다. 태수가 평지에서도 속도를 내지 못하고 있는 사이에 그 아저씨가 어느새 그를 따라붙어 또 한 번 추월하려는 것이다.

탁탁탁탁······.

마침내 규칙적인 발걸음 소리가 태수의 바로 뒤까지 바싹 따라붙었다.

"오른쪽으로 붙어요!"

그런데 느닷없이 여자의 새된 고함 소리가 태수의 귀를 쨍하고 울렸다.

움찔 놀라서 엉거주춤 뒤돌아보는 태수의 눈에 3m 거리에서 달려오는 한 여자의 모습이 가득 들어왔다.

그녀를 본 첫 느낌은 늘씬하다는 것이다. 1m 65㎝ 정도의 키에 군살 하나 없는 후리후리한 체구, 저걸 뭐라고 하는지는 모르지만 브래지어 비슷한 것으로 가슴을 가리고 비키니수영복 같은 짧은 팬츠를 입었다.

갸름한 얼굴에 멋진 스포츠 고글을 썼으며 꽤나 예쁜 얼굴이다. 더구나 배에는 뚜렷한 초콜렛 복근이 새겨져 있다. 온몸이 근육으로 똘똘 뭉친 여자다.

단 한 번 짧은 시간 돌아봤을 뿐인데 그 많은 것이 한눈에 다 들어오다니 신기한 일이다.

하지만 신기함은 거기까지다. 여자가 태수의 오른쪽으로 바람처럼 스쳐 지나며 다시 한 번 쨍하고 소리쳤다.

"이봐요! 못 달리면 오른쪽으로 길을 터줘야 한다는 상식도 몰라요?"

여자는 저렇게 빨리 달리면서 숨도 차지 않는지 따발총처럼 말을 쏟아냈다.

순식간에 여자는 저만치 앞서 나갔으며 그녀의 말총머리가 좌우로 찰랑찰랑 흔들렸다.

그리고 아스팔트를 가볍게 디디면서 달리는 그녀의 장딴지와 허벅지 근육이 마치 한 마리 야생마 같았다.

그녀의 등에 주홍색의 배번 15가 가물가물거리며 태수의 동공 속으로 파고들었다.

저 여자는 분명히 여자 1위다.

이젠 여자에게까지 욕을 처먹고 있는 태수다.

'염병할…….'

욕이 저절로 나왔다.

그때 15번 여자의 전방 오른쪽 길가에 급수대가 보였다.

'물이다!'

사막에서 갈증에 허덕이면서 다 죽어가다가 오아시스를 만난 기분이 이럴 것이다.

급수대 옆 가로수에 10㎞라는 팻말이 보였다. 그리고 보니까 아까 첫 번째 급수대는 5㎞에 있었다. 그렇다면 급수대는 매 5㎞마다 설치되어 있는 것 같았다.

급수대에는 여학생 자원봉사자 대여섯 명과 행사진행요원인 듯한 완장을 차고 모자를 쓴 남녀 여러 명이 있었다.

20m쯤 앞서 달리고 있는 15번 야생마 여자가 급수대로 향했다.

급수대의 진행요원들이 야생마를 보면서 박수를 치며 와아 하고 함성을 터뜨렸다.

"파이팅! 이민영!"

"왁왁! 야생마 이민영 선수! 팬이에요!"

"꺄아악! 언니! 멋져요!"

진행요원들과 여학생 자원봉사자들은 마치 아이돌을 만난 중고생 팬처럼 괴성을 질러댔다.

그걸 보면 야생마가 마라톤계에서는 꽤 유명한가 보다. 이름이 이민영이라고? 게다가 진행요원들이 '야생마'라고 부르는 걸 보니 그녀 별명인가 보다.

태수도 그녀를 보고 첫인상이 야생마 같다는 느낌을 받았는데 그녀에게 잘 어울리는 별명이다.

여학생 자원봉사자들과 진행요원들이 야생마에게 물이 담긴 종이컵을 서로 주려고 아우성이다.

그런데 야생마는 멈추지 않고 그중 하나의 종이컵을 받아 들더니 계속 달리면서 물을 마셨다.

종이컵을 손에 쥐고 달리면 물이 다 쏟아질 텐데 어떻게 마실 수 있는지 신기했다.

"으헉헉……."

드디어 태수는 급수대에 도착하여 미친 듯이 물을 마셔댔다.

차가운 물이 목구멍을 타고 뱃속으로 흘러 내려가니까 정신이 좀 들고 살 것 같았다.

그런데 그때 그는 책상에 껍질을 까서 반씩 잘라놓은 초코파이와 바나나가 수북한 것을 발견하고 눈이 커졌다.

"헉헉헉… 먹어도 됩니까?"

"맘껏 드세요."

태수는 누가 뺏어먹기라도 할까 봐 양손에 초코파이와 바나나를 쥐고 걸신들린 듯이 입속에 와구와구 쑤셔 넣었다.

그걸 먹느라 시간이 지체되고 있지만 지금 이 순간은 그저 먹는 게 최고다.

무언가 입에 집어넣고 씹는다는 것이 이렇게 행복한 건지 예전에는 몰랐었다.

태수가 세 개씩의 초코파이와 바나나를 먹고 있을 때 50대 아저씨가 급수대에 도착하더니 물 한 컵을 마시고는 횡하니 다시 달려갔다.

50대 아저씨는 물 한 컵 마시는 데 3초도 걸리지 않은 것 같은데 태수는 이미 30초 이상 급수대 앞에 서서 게걸스럽게 먹어대고 있는 중이다.

정신이 번쩍 든 태수는 50대 아저씨가 출발하자마자 급히 뒤쫓았다.

하지만 미련이 남아서 양손에 초코파이와 바나나를 반쪽씩 쥐고 뛰었다. 뛰면서 먹을 생각이다.

"캑캑……."

그런데 입안에 초코파이와 바나나가 가득 든 상태에서 달리며 숨을 쉬려니까 목에 걸려서 기침을 해댔다.

50대 아저씨가 달리면서 힐끗 뒤돌아보더니 안쓰럽다는 듯 충고를 했다.

"입안에 것 뱉고 손에 것도 버려."

왜 그런지는 모르지만 태수는 그대로 따라야 할 것 같아서 입안에 씹던 것들을 다 뱉어내고 양손에 쥔 초코파이와 바나나도 버렸다.

그러고는 50대 아저씨 뒤로 바싹 따라붙었다. 이제 보니 50대 아저씨 배번호는 24번이다.

50대의 나이에 우승 가능성 24번이라니 대단하다는 생각이 들었다.

참고로 태수의 배번호는 457번이다. 우승 가능성하고는 거리가 먼 배번호다.

그건 아마 참가 신청 접수한 순서에 따라서 배정된 배번호일 것이다.

태수는 물에 빠진 사람 지푸라기라도 잡는 심정으로 50대 아저씨, 아니, 24번에게 궁금한 걸 물어보기로 했다.

"헉헉헉… 아저씨!"

태수의 부름에 24번은 힐끗 뒤돌아보더니 속도를 약간 늦춰서 태수와 나란히 달리며 쳐다보았다. 할 말 있으면 해보라는 표정이다.

"헉헉헉… 달릴 힘은 충분한데 다리가 말을 듣지 않습니다! 이럴 땐 어떻게 해야 합니까?"

24번에게 무슨 뾰족한 방법이 있을 리 없다. 설사 있다고 해도 가르쳐 주겠는가?

그래도 밑져야 본전이다. 조금 전에 충고를 해준 걸 보면 방법을 알고 있다면 가르쳐 줄 수도 있다.

"어디 아픈가?"

"헉헉헉… 아픈 데 없습니다."

두 사람은 예전부터 알고 지내던 사이처럼 나란히 달리면서 대화를 나누었다.

24번은 옆으로 약간 거리를 두더니 태수가 달리는 폼을 잠시 동안 지그시 쳐다보았다. 마치 의사가 환자를 진료하는 듯한 표정이다.

"과연 힘이 넘치는군."

24번은 10㎞ 이상 달려오고 또 태수와 비슷한 속도로 달리고 있으면서도 말을 하는 데 힘들지 않은 것 같았다.

"양팔을 빨리 흔들어. 노 젓는 것처럼."

"헉헉헉… 그러면 됩니까?"

"그러면 돼. 해봐."

태수는 24번의 말이 금세 이해가 되지 않았다. 달리는 것은 두 다리인데 양팔을 빨리 흔든다고 빨라진다는 말인가?

태수가 미심쩍은 표정을 지으니까 24번이 눈살을 찌푸렸다.

"양팔은 자전거 페달이야."

"아……"

그 말을 듣고서야 감이 팍 왔다.

기가 막히게 신기한 일이다.

'으하하하!'

너무 기분이 좋아서 속에서 웃음이 마구 치밀어 올랐다.

24번의 충고대로 양팔을 빨리 흔드니까 두 다리도 덩달아서 빠르게 튀어 나갔다.

시험 삼아서 양팔을 미친 듯이 빠르게 흔들었더니 두 다리도 축지법을 쓰는 것처럼 미친 듯이 빨리 움직였다.

그렇다.

팔과 다리는 한 묶음이다. 왼발이 앞으로 나가면 왼팔은 뒤로 간다.

그 리듬은 깨지지 않는 만고불변의 법칙이다. 그러니까 팔이 움직이는 대로 다리도 따를 수밖에 없다.

양팔이 자전거 페달이라는 24번의 비유는 정확했다. 자전거는 페달을 밟아야지만 바퀴가 굴러간다.

이것은 두 번째 유레카다.

반환점을 돌고 나서 오른쪽 가로수에 13㎞라는 팻말을 지난 지 얼마 지나지 않아 태수 전방에 배번호 15번 야생마 이민영이 보였다.

야생마는 긴 두 다리로 성큼성큼 제대로 달리고 있다. 뒤에서 보니까 다리의 근육과 달릴 때마다 씰룩거리는 단단한 엉덩이가 기막히게 예쁘고 육감적이다.

태수는 애인 혜원의 예쁜 엉덩이를 미치도록 사랑한다. 그래서 그는 혜원과 사랑을 나눌 때 후배위를 즐겨하는 편이다.

그런데 엉덩이만으로 따지면 야생마가 더 멋진 것 같다. 아마 마라톤으로 잘 다져져서 탄력이 있어서일 거다.

탁탁탁탁…….

현재 태수는 새로운 달리는 리듬을 만들었다. 자동차로 비유했을 때, 아까 24번의 충고를 듣기 전에 그의 달리는 속도가 시속 60km였다면 지금은 80km다.

속도가 아까하고는 비교조차 할 수가 없다. 태수가 봤을 때 야생마의 속도는 70km 정도다. 태수가 80km니까 추월하는 건 문제 없다.

그렇지만 태수는 양팔을 조금 더 빨리 흔들어서 시속 90km로 속도를 높였다.

순식간에 야생마 뒤 5m까지 따라붙었다.

아까 야생마가 앞에서 알찌랑거리는 태수더러 오른쪽으로 비켜주는 상식도 모르냐면서 빽 소리치며 핀잔을 줬었던 기억이 났다.

하지만 태수는 야생마에게 그런 식으로 복수를 해주고 싶은 생각은 없다.

그가 얼마나 점잖은 사내인지를 보여주는 것도 복수의 한 방법이다.

탁탁탁탁…….

그냥 아무 말 없이 야생마의 오른쪽으로 빠르게 시속 90㎞로 스쳐 지나가면서 일부러 그녀를 쳐다보지 않았다.

자, 봐라. 나는 너를 추월하면서도 지랄발광하지 않고 그냥 오른쪽으로 지나가고 있다.

모르긴 해도 야생마의 눈이 휘둥그레졌을 것이다. 마라톤계의 인기녀 야생마 이민영이 자기가 큰소리 떵떵 쳤던 놈에게 추월을 당하고 있으니 그 짓밟히는 쓰라린 심정이야 안 봐도 다안다.

'후후후후…….'

기분 째졌다. 고개를 젖히고 통쾌하게 마구 웃어주고 싶은 걸 겨우 참았다.

탁탁탁탁…….

'엉?'

그런데 왼쪽으로 야생마가 나란히 달리고 있지 않은가?

태수가 힐끗 쳐다보니까 야생마의 호흡이 몹시 거칠고 갸름하고 예쁜 얼굴이 새빨개졌다.

태수하고 나란히 달리기 위해서 엄청나게 무리를 하고 있다는 게 뻔히 보였다.

'그래? 어디 한번 해보자 이거지?'

힘이 남아도는 태수는 속도를 더 높이기 위해서 양팔을 더 빠르게 흔들었다.

"학학학… 다리로만 달리지 말아요! 뒤에서 보니까 가관이에요!"

태수가 치고 나갈 때 야생마가 할딱거리면서 뭐라고 외쳤다.

뭐시라? 다리로만 달리지 말라고? 뒤에서 보니까 내가 달리는 모습이 가관이라고?

뭔 소리여?

마라톤을 다리로 달리지 않으면 무엇으로 달린다는 말인가.

귀신 씻나락 까먹는 소리 하고 있네. 추월당해서 배알이 뒤틀리니까 별 쓰잘데기 없는 수작을 다 부리는구나.

"학학학학… 체간(體幹) 달리기 몰라요? 허리로 달려요! 그러다가 부상당해요!"

그런데 뒤로 축 처진 야생마가 할딱거리면서 다시 외쳤다.

체간 달리기? 게다가 허리로 달리라니, 그러지 않으면 부상을 당한다고 했다.

그렇다면 야생마는 지금 태수를 염려해 주고 있는 것이다.

뭔가 모를 찌르르한 것이 태수의 심장을 관통했다.

그는 속도를 늦추었다. 곧 야생마하고 나란히 달리게 되자 그녀를 보며 뜨악하게 물었다.

"헉헉헉… 무슨 뜻입니까?"

"학학학… 마라톤 안 해봤어요?"

"헉헉헉… 오늘 처음 해보는 겁니다."

"……"

고글 너머의 야생마 두 눈이 커다랗게 떠지는 게 보였다. 눈도 예뻤다. 그녀는 고글을 벗는 게 더 나을 것 같았다.

그러나 야생마는 곧 싱긋 미소를 짓더니 왼손으로 태수의 다리를 가리켰다.

"학학학… 땅을 딛는 다리에 체중을 실어요."

"헉헉헉… 그러면 됩니까?"

"학학학… 그러면 돼요."

"헉헉헉… 그런데 왜 그런 충고를 해줍니까?"

"학학학… 그러면 안 돼요?"

"헉헉헉… 아… 아닙니다."

탁!

"어서 가요!"

야생마가 태수의 등짝을 세게 때렸다.

따가웠다. 이게 야생마의 복수라면 귀여운 복수다.

"헉헉헉… 고맙습니다! 민영 씨!"

태수는 앞으로 달려 나가면서 힐끗 뒤돌아보며 싱긋 미소를 지었다.

야생마의 얼굴에 어이없다는 표정과 빙그레 떠오르는 미소가 교차되는 걸 태수는 발견했다.

"학학학… 이름이 뭐예요?"

뒤에서 야생마의 목소리가 들렸다.

"헉헉헉… 태습니다! 한태수!"

뒤돌아보지 않고 소리쳤다.

"학학학… 상체를 앞으로 약간 숙여요! 체중 제대로 싣고!"

"헉헉헉… 알겠습니다!"

"학학학… 1위 못하면 알아서 해요!"

"헉헉헉… 죽어도 1위 할 겁니다!"

야생마에게 하는 말이 아니라 태수 자신에게 하는 말이다.

세 번째 유레카다.

야생마가 가르쳐 준 대로 발이 아스팔트를 디딜 때마다 거기에 체중을 실으니까 훨씬 달리는 게 편하고 안정감이 생겼다.

그렇게 달리니까 두 다리로 달리는 게 아니라 허리로 달리는 느낌이 들었다. 그래서 야생마가 허리로 달리라고 말했던 것이다.

왼발 오른발 아스팔트를 디딜 때마다 어떻게 다리에 체중을 실어야 하는지 궁리하면서 조금씩 고쳐 나갔다. 까다로웠으나 시간이 지나면서 자연히 해결됐다.

그리고 야생마가 마지막으로 해준 충고. 상체를 앞으로 약간 숙이니까 앞으로 쓰러질 것 같은 자세가 되어 다리가 더 빠르고 멀리 튀어 나가 속도가 더 빨라졌다.

태수는 양팔을 자전거 페달 밟듯이 빠르게 흔들면서, 아스팔트를 딛는 발에 체중을 싣고, 상체를 약간 앞으로 숙인 자세를 취한 상태에서 무서운 속도로 달려 나갔다.

태수는 16㎞ 지점에서 선두주자들을 만났다. 아까 그를 추월했던 15명이다.

탁탁탁탁······.

태수는 그들을 하나씩 추월해 갔다. 한 명씩 추월할 때마다 느껴지는 통쾌함이 뭐라고 설명할 수 없을 정도다.

그리고 17㎞ 지점 조금 못 미쳐서 배번호 1번을 발견했다.

다른 선수들보다 300m 정도 앞서 달리고 있었다.

태수는 까무잡잡한 1번 등 뒤로 바싹 따라붙었다.

탁탁탁탁······.

1번에게는 야생마에게 베풀었던 자비를 베풀고 싶은 마음이 눈곱만큼도 생기지 않았다.

아까 1번이 해준 그대로 갚아주고 싶었다.

"비켜!"

태수가 뒤통수에 대고 버럭 외치자 1번은 화들짝 놀라 스텝이 엉겨서 비틀거리며 뒤돌아보았다.

　1번이 지금 취하고 있는 모습은 아까 태수가 보여주었던 바로 그 모습이었다.

　태수는 성주참외마라톤 하프코스 1위로 골인했다.

　기록은 1시간 12분 05초.

　일전에 안동시청 박형준이 영주소백산마라톤에서 세운 개인 최고기록 1시간 13분 27초보다 1분 22초 더 빠른 기록이다.

제3장
스타 탄생

시상식 때 약간의 웃지 못 할 해프닝이 하나 있었다.

태수가 가슴팍에 '안동시청'이라고 적힌 싱글렛을 입고 있는 걸 본 사회자가 그를 '안동시청' 소속이라고 소개한 것이다.

시상대의 다른 사람들은 다들 옷을 갈아입은 모습인데 태수만 달릴 때의 모습 그대로다.

태수는 이럴 줄 알았으면 좀 서둘러서 물품보관대에서 백팩을 찾아 옷을 갈아입을 걸 그랬다고 작은 후회를 했다.

시상식과 하프코스 우승자에 대한 지방 방송사 등의 인터뷰

따위가 끝난 후에 태수는 대회장을 빠져나가고 있었다.

늘 입고 다니는 색 바랜 청바지에 티셔츠를 입고 백팩을 멨으며 두 손에는 성주참외마라톤 참가 기념품인 성주 참외 2kg짜리 상자가 들려 있다. 우승트로피는 백팩에 넣었다.

귀찮아서 버릴까 했으나 혜원이가 참외를 워낙 좋아하기 때문에 귀찮아도 가져갈 생각이다.

참외 향이 코를 진동하는 게 정말 맛있을 것 같다. 혜원이 참외를 먹으면서 연신 맛있다고 감탄사를 연발하는 귀여운 모습을 상상하니 저절로 입가에 미소가 번졌다.

"이봐! 기다려!"

그런데 누가 뒤에서 태수의 어깨를 잡았다.

태수가 멈춰서 뒤돌아보니 위아래 고급 트레이닝복을 입고 머리에 고글을 걸친 작달막한 사내가 서 있다.

이 사내는 아까 시상식 때 봤었다. 아니, 그전에 주로(走路)에서 배번호 1번을 달고 뛰면서 태수하고 한 번씩 추월하고 추월을 당할 때 봤었다.

2위 시상대에 올랐던 이 사내는 시상식 내내 태수에게 곱지 않은 시선을 줄곧 보냈었다.

시상식 때 얼핏 들은 이 사내의 이름은 장경식이랬다. 기억하고 싶지는 않았지만 귀에 들리고 머릿속에 남아 있는 것을 어쩌겠나. 머리 좋은 걸 원망해야지.

"너 도대체 누구냐?"

장경식이 다짜고짜 도전적으로, 그것도 반말로 물었다.

태수를 알고 있는 사람들은 하나같이 그가 성격이 온순하며 결이 곱다고 칭찬을 아끼지 않는다.

그러나 그것은 어디까지나 그의 구역 내에서의 성격이고, 이런 데까지 와서 기죽을 필요는 없다는 게 지금 이 순간 그의 생각이다.

"그러는 넌 누구냐?"

"어?"

태수가 강하게 나올 줄 몰랐는지 장경식은 조금 당황하는 표정을 지었다.

"나… 몰라?"

"모르는데?"

말하는 걸로 봐서는 장경식이라는 위인이 마라톤계에서는 유명한가 보다.

장경식은 마라톤을 하면서도 자기를 알아보지 못하는 사람이 있다는 사실을 믿을 수 없다는 듯한 표정을 지었다. 그래서 어눌하게 말했다.

"아까 시상식 때 사회자가 내 이름 말했잖아."

"들었어."

장경식은 놀림을 당한다는 기분이 들었는지 얼굴이 붉게 달아올랐다.

"내가 누구냐고 물었나?"

자기보다 서너 살 적은 태수가 꼬박꼬박 반말을 하는데도 자기가 먼저 반말을 한 죄로 장경식은 꿀 먹은 벙어리마냥 가만히 있다가 더듬거렸다.

"그, 그래. 너 누구냐?"

"아까 시상식 때 사회자가 내 이름 말했잖아."

태수는 조금 전에 장경식이 했던 말을 토씨 하나 틀리지 않고 그대로 말해주었다.

"어… 그래. 한태수라고……."

장경식은 이미 선방을 두들겨 맞아서 전의를 상실했다.

그는 다 이긴 경기를 태수에게 뺏겼다고 생각했다. 더구나 평소에 라이벌로 생각하는 날고 기는 선수가 아니라 생판 모르는 애송이에게 당했으므로 기분이 몹시 나빴다.

그래서 시비를 걸려는 게 아니라 단순하게 그가 어디 소속이고 어떤 선수인지 궁금해서 그에게 달려온 것이다.

그때 저쪽에서 두 명의 사내가 이쪽으로 몰려오면서 장경식에게 아는 체를 했다.

"야! 경식아! 거기서 뭐하냐?"

"동호회 사람들이 다들 너 기다리고 있잖아, 인마!"

장경식은 동료 두 명의 출현에 힘을 얻어 태수를 다시 한 번

제대로 닦달하기로 마음먹었다.

"오, 그래. 니 이름 한태수라는 거 안다. 그러니까 내 말은 말이야."

장경식은 손끝으로 태수의 가슴을 툭 건드리면서 어설픈 깡패 흉내를 냈다.

그때 뜻하지 않은 불청객이 불쑥 나타났다.

"어머? 여기서 뭐해요, 태수 씨?"

태수를 비롯한 모두의 시선이 목소리의 주인공에게 향했다.

"어……."

장경식과 두 명의 동료 입에서 거의 비슷한 신음인지 탄성인지 모를 소리가 흘러나왔다.

모두의 시선이 향한 곳에는 시쳇말로 여신(女神)이라고 불려도 손색이 없을 만한 미녀가 한 명 서 있었다.

빨간 게스 모자에 붉은 계통의 선글라스를 썼고, 브래지어가 은은하게 내비치는 검은색 시스루 위에 노란색 윈드브레이커, 즉 바람막이를 걸쳤으며, 아래에는 길고 늘씬한 하체가 고스란히 드러나는 스키니진을 입었다.

태수는 방금 이 여자가 "어머? 여기서 뭐해요 태수 씨?"라고 말했다는 게 믿어지지 않아서 주위를 둘러봤으나 다른 여자는 보이지 않았다.

맹세코 태수는 이 여자를 모른다. 어디선가 영화나 드라마를 찍다가 온 것 같은 주연급의 이런 쭉쭉빵빵한 미녀는 그의 인생이라는 드라마에 단 한 번도 등장한 적이 없었으니까 말이다.

슥―

"당신들 태수 씨에게 볼일 있어요?"

그런데 그 미녀가 스스럼없이 태수의 팔짱을 끼면서 장경식 무리에게 약간 허스키한 목소리로 물었다.

"아… 아닙니다."

"그럴 리가요……."

장경식과 두 명의 동료는 미친 듯이 손사래를 쳤다. 그런데 그들의 표정으로 봐서는 이 주연급 미녀를 익히 알고 있는 듯했다.

"가요, 태수 씨."

여자가 마치 애인이라도 되는 듯이 태수의 팔짱을 끼고 이끌었다.

태수는 걸을 때마다 팔에 여자의 탱탱한 유방이 물컹거리면서 고스란히 전해지는 것을 느꼈다.

수컷들은 다 엉큼하기 때문에 가만히 있는 것이 아니라 이 여자가 도대체 누군지 생각하느라 그는 묵묵히 그녀와 함께 걸어갔다.

그렇지만 이 여자가 누군지 도저히 알 수 없게 되자 걸음을 멈추고 여자에게서 팔짱을 풀었다.

"실례지만 누구십니까?"

"어머? 날 못 알아보는 거예요?"

선글라스 너머 여자의 눈이 커졌다.

그 눈을 보는 순간 태수는 어디선가 본 듯한 느낌이 들었다.

"학학학… 마라톤 안 해봤어요?"

"헉헉헉… 오늘 처음 해보는 겁니다."

태수가 그렇게 말했을 때 그녀의 고글 너머 두 눈이 지금 이런 표정을 지었었다.

"야생마!"

놀란 태수는 자기도 모르게 큰 소리를 질렀다.

그러고는 곧 자기가 실언했음을 깨닫고 머리를 긁적이며 정정했다.

"아… 미안합니다, 이민영 씨."

"사람들 많은데서 야생마라니, 그런 실례가 어딨어요?"

그녀의 꾸지람에 태수는 차려 자세를 취하고는 코가 땅에 닿을 정도로 허리를 굽혔다.

"죄송합니다. 용서하십시오."

이민영은 어머? 하고 놀라는 표정을 짓더니 갑자기 고개를 젖히고 웃음을 터뜨렸다.

"하하하하하! 농담이에요! 농담!"

입을 크게 벌리고 해맑게 웃는 그녀는 목젖이 다 보이는 데
도 개의치 않았다.

태수는 이민영의 차가 있다는 주차장까지 그녀를 데려다주
고 가기로 마음먹었다.

그나저나 태수는 주차장까지 가는 300m 동안에 이민영을
몇 번이나 쳐다봤는지 모를 정도다.

아무리 쳐다봐도 이민영은 정말 지독하게 예뻤다. 요즘 말로
존예, 아니, 여신이다.

"왜 그렇게 자꾸 쳐다봐요?"

태수가 자꾸 쳐다보니까 이민영이 미소 지으며 물었다.

"예뻐서 그럽니다."

"어?"

태수가 대놓고 솔직하게 대답할 줄 몰랐는지 이민영은 또다
시 목젖이 보이도록 파안대소했다.

"하하하하하!"

여자는 조신하게 웃어야 예쁘다는 태수의 통념이 깨지는 순
간이다.

여자는, 아니, 이민영처럼 예쁜 여자는 이렇게 파안대소를 해

도 예쁘다. 그게 아니라 이민영은 무엇을 해도 예쁠 것이다.

주차장에 도착한 이민영은 두리번거리면서 자신의 차를 찾았다.

태수도 막연하게 주차장을 두리번거리다가 한곳에 시선이 딱 멈추었다.

그의 시선이 멈춘 곳에는 태수가 꿈에서도 한 번만이라도 갖고 싶어 하는, 아니, 타보고 싶어 하는 차가 고고한 자태를 뽐내며 서 있었다.

BMW X6다.

탱크처럼 크고 묵직하며 멋진 SUV다. 아니, BMW사에서는 이 차를 SAV라고 부른다. 어디 한 군데 흠잡을 데 없이 완벽한 차다. 최소한 태수가 볼 때는 그렇다.

저 차보다 훨씬 성능이 좋고 멋지고 비싼 차들이 수두룩하지만 태수는 BMW X6를 가장 좋아한다.

그때 태수가 쳐다보고 있는 BMW X6가 삑! 소리를 내면서 불이 반짝거렸다. 누군가 키로 문을 연 것이다.

태수는 BMW X6의 주인이 누군가 싶어서 주위를 둘러보는데 이민영이 손에 키를 쥐고 X6를 향해 곧장 걸어갔다.

'설마……'

태수는 이상한 열등감과 존경심, 부러움으로 복잡한 심정을 안고 이끌리듯이 이민영의 뒤를 따랐다.

척!

이민영이 익숙하게 X6의 뒷문을 열더니 백팩을 벗어서 뒷자리에 내던졌다.

가까이 다가간 태수는 X6의 진짜 실체를 확인하고는 그 순간 숨이 멎어버렸다.

X6일뿐만 아니라 무려 M이다.

BMW X6 중에서도 최고 모델인 M인 것이다.

어려서부터 자동차를 좋아했었던 태수는 대학 전공도 자동차과를 선택했었다.

메이저 자동차사들은 소위 슈퍼카라고 불리는 모델들을 다투듯이 내놓았다.

BMW는 M시리즈, 벤츠는 AMG, 아우디는 S시리즈라는 식이다.

그중에서도 이놈은 괴물이다. 배기량 4,400cc에 555마력, 토크가 무려 69.4다.

람보르기니 가야르도가 5,200cc에 550마력, 토크 55.1인 것과 비교하면 이놈이 어느 정도로 괴물인지 잘 알 수 있다.

태수는 홀린 듯 이 신성한 괴물에게서 시선을 떼지 못하며 천천히 뒤쪽으로 걸어갔다.

있다. 뒤쪽 깜빡이 위에 당당하게 붙어 있는 이 괴물만의 상징 X6 오른쪽에 하늘색과 파란색, 빨간색 세 개의 빗금, 그리고 그 옆에 은빛 눈부신 M이 붙어 있다.

태수가 이민영이 있든지 말든지 하염없이 괴물을 구경하고 있는데 그녀가 다가와서 물었다.

"태수 씨 차는 어디에 세워놨어요?"

"차 없습니다."

"집이 어디예요?"

태수는 괴물의 옆으로 가서 옆구리를 눈길로 쓰다듬으며 건성으로 대답했다.

"안동입니다."

이민영이 그의 팔을 잡고 끌었다.

"가요. 태워줄게요."

이민영의 운전 솜씨는 마라톤 실력만큼 뛰어나진 않았다.

그래도 태수가 봤을 때 중간 이상의 실력이긴 한데 문제는 운전이 와일드하다는 사실이다.

어느 정도냐 하면, 낙천적인 성격의 태수가 불안감을 느낀 나머지 손잡이를 힘껏 잡고 있어야만 했다.

더구나 이민영은 열어놓은 창에 왼팔을 걸치고 오른손으로만 운전을 하고 있다.

괴물 X6M이 주인을 잘못 만나서 포효도 함부로 지르지 못한 채 출발 이후 줄곧 기침이나 재채기만 하고 있다.

그 상태에서 두 사람의 대화가 오갔다. 주로 이민영이 묻고 태수가 대답하는 형식이다.

그런데 이민영은 대한민국의 보통 여자들이 흔히 하는 이른바 학교는 어디까지, 그리고 대학을 나왔다면 무슨 대학을 나왔느냐, 직업이 뭐냐, 연봉은 얼마나 되느냐는 식의 질문은 일체하지 않았다.

이민영이 태수더러 그렇게 잘 뛰는데 어떻게 마라톤을 처음할 수가 있느냐고 묻기에 태수는 우승 상금을 타러 나왔다고솔직하게 대답했다.

그 대답에 이민영은 뜻밖이라는 표정으로 태수를 한 번 쳐다보고 나서 화제를 바꿨다.

"그럼 상금 있는 대회에 계속 나가겠네요?"

"6개 더 참가 신청 해놨습니다."

"어디어디예요?"

태수는 휴대폰을 꺼내 메모해 둔 대회를 하나씩 불러주었다.

"잠깐! 방금 뭐라 그랬죠?"

왕복 2차선 지방도로에서 전방에 덤프트럭이 돌진하듯이 달려오고 있는데 이민영은 아랑곳하지 않고 선글라스 너머의 눈을 초롱초롱 빛내며 태수를 쳐다보았다.

태수의 시선은 전방에서 돌진하는 덤프트럭에 고정되어 있는데 이민영은 계속 태수를 보고 있다.

부왕!

덤프트럭이 굉음을 울리면서 스쳐 지나간 다음에야 태수는 속으로 안도하며 대답했다.

"포천38선하프마라톤입니다."

"거기 나도 신청했어요."

이민영은 또 태수를 쳐다보며 의아한 표정을 지었다.

"안동에서 포천은 꽤 먼데 왜 신청했어요?"

태수는 간단하게 대답했다.

"하프 우승 상금이 100만 원입니다."

"아⋯⋯."

태수가 참가 신청한 6개 마라톤대회 중에서 포천38선하프마라톤대회의 상금 100만 원이 제일 컸다.

성주참외마라톤대회 하프 우승 상금 50만 원도 두 번째로 큰 것이다.

다른 4개 대회의 상금은 하나가 45만 원이고 30만 원이 세 개다. 30만 원짜리들은 가까운 지역이라서 신청했다.

태수는 이민영의 거칠고 산만한 운전을 참지 못하고 마침내 한마디 했다.

"내가 운전할까요?"

"운전할 줄 알아요?"

"운전병이었습니다."

"군대도 갔다 왔어요?"

"만기 병장 제대했습니다."

"진작 말하지. 피곤해서 죽는 줄 알았네."

이민영이 차를 길가에 세운 후에 두 사람은 자리를 바꿔서 앉았다.

운전석에 앉아 핸들을 잡은 태수의 가슴이 두근거렸다.

알바로 일하는 호프집에서 이따금 취객 대리운전을 해주며 외제차들도 꽤 몰아봤었지만 이 괴물은 처음이다.

머리털 나고 이 괴물의 운전석에 앉아보는 것도, 그리고 직접 모는 것도 처음이다.

엑셀을 살짝 밟아 도로에 올라서는데 괴물이 특유의 숨소리로 응답했다.

우릉…….

정면을 쏘아보며 핸들을 움켜잡고 오른발에 지그시 힘을 주었다.

과르르르르—

적을 발견한 맹수가 이빨을 감추고 천천히 접근하면서 나직하게 으르렁대는 소리가 울렸다.

계속 엑셀을 깊게 밟았다.

부가아아— 콰라라라라—

드디어 괴물이 이빨을 조금 드러내고 포효를 시작했다.

재빨리 계기판을 보니까 시속 100㎞ 언저리다. 눈동자를 굴려 시계를 살짝 보니까 시속 0—100㎞ 제로백이 5초 남짓이다.

지방도로니까 이 정도지 고속도로라면 제로백 4초대는 찍고도 남겠다. 돌겠다.

하지만 아직 아니다. 이놈의 진가는 이 정도가 끝이 아니다.

이민영이 조용하다.

그렇지만 그녀를 쳐다보느라 이 괴물과의 벅찬 조우를 방해하고 싶진 않다.

지방도로라서 시속 100㎞는 곤란하다. 엑셀에서 발을 떼고 속도를 60㎞로 줄였다.

남의 차를 잠깐 모는 건데 무인카메라에 찍히기라도 하면 곤란하다.

과르르르르—

60㎞ 정속 주행에 X6M이 고른 숨소리를 내고 있다. 하지만 가래가 낀 것처럼 어딘지 듣기 불편한 배기음이다.

이런 경우는 원인이 한 가지뿐이다. 차를 거칠게 운전하면서 길을 제대로 들이지 못한 탓이다.

아깝다. 괴물이 주인을 잘못 만났다.

전방에 중앙고속도로 다부IC가 나왔다. 거치대에 꽂은 이민영의 휴대폰 티맵은 다부IC로 들어가라고 지시했다.

"하이패스 차선으로 진입해요."

조수석에서 이민영의 차분한 목소리가 들렸다.

그녀를 힐끗 쳐다보니까 의자를 뒤로 밀어 눕히고는 신발을 벗고 두 다리를 대시보드에 포개서 얹은 편안한 자세로 팔짱을 끼고 있다.

선글라스를 벗어서 손에 쥔 채 선글라스 다리 끝을 입술로 살짝 깨물면서 태수를 쳐다보고 있는데 두 사람이 눈이 딱 마주쳤다.

"……."

그녀를 보는 순간 태수는 갑자기 입안이 바싹 마르고 오금이 저리며 항문에 힘이 빡 들어갔다.

이게 도대체 무슨 현상인지는 모르겠으나 생전 처음 겪는 느낌인 것만은 분명하다.

태수는 이민영이 고글을 썼을 때와 선글라스를 썼을 때 그녀가 고글과 선글라스를 벗는 게 차라리 예쁠 것이라는 생각을 막연히 한 적이 있었다.

그렇지만 그것은 태수가 지금 이런 상황이 닥칠 것이라는 사실을 전혀 모르고 한 어설픈 생각이었다.

단언하건대, 태수는 이 날까지 살아오면서 이렇게 아름답고 큰 눈을 한 번도 본 적이 없었다.

떠들기 좋아하는 인간들이 예쁜 여자의 눈을 설명할 때 별별 미사여구를 다 갖다 붙이는 걸 보고 코웃음을 쳤던 태수지만, 그 미사여구들은 죄다 이민영의 눈에 쏟아부어야 할 것 같았다.

흑백이 또렷한데다 투명할 정도로 맑았고 더구나 얼마나 눈이 큰지 쳐다보고 있는 동안 그 눈 속으로 빨려들 것만 같은 착각이 들었다.

게다가 속눈썹이 몹시 길고도 우아해서 사람이 아니라 사슴이나 낙타의 눈썹 같았다.

그런 한 쌍의 눈동자를 한 뼘 거리에서 보고 있으니 태수가 망부석이 돼버린 것은 당연하다.

"하이패스 차선으로 진입하라니까요?"

갑자기 이민영이 앞을 보면서 말했다.

"어?"

태수가 급히 전방을 보니까 차가 하이패스 차선과 일반 차선 가운데 걸쳐서 가고 있다. 통행요금 징수하는 부스까지의 거리가 채 10m도 되지 않았다.

급히 핸들을 꺾어 간신히 하이패스 차선으로 진입했다.

이민영은 왜 그랬느냐고 묻지 않았다. 모르긴 해도 세상의 모든 사내가 그녀의 눈을 보고 그런 반응을 보였을 테니까 말이다.

대신 그녀는 차가 고속도로에 오르자 다시 몸을 시트에 편안하게 묻고 팔짱을 끼면서 종알거렸다.

"지금부터 마음껏 달려 봐요. 무인카메라 같은 거 신경 쓰지 말고."

기다렸던 바다.

태수는 기어를 컴포트모드에서 스포츠+(플러스)모드로 바꾸고 엑셀을 천천히 깊이 밟았다.

처음 해보는 거지만 이 괴물에 대해서는 속속들이 다 꿰고 있다.

과과과과라라라—

괴물이 미친 듯이 울부짖기 시작한다.

속도계의 바늘이 순식간에 치고 오르는가 싶더니 150㎞를 훌쩍 넘어 200㎞도 간단하게 넘겨 버렸다.

이민영이 어떤 표정인지 힐끗 쳐다보니 팔짱을 끼고는 아예 눈을 감은 채 편안한 얼굴이다.

다시 전방을 주시했다. 때마침 끝이 보이지 않는 직선주로라서 엑셀을 더 깊이 밟았다.

고고오오—

이제야 괴물이 편안한 제 목소리를 찾았다.

속도계는 290㎞를 넘어 300㎞로 육박하고 있다.

오오오—

태수로서는 유튜브에서만 들어봤던 BMW X6M의 편안한 배기음이 천사의 노래처럼 아련히 들려왔다.

휴대폰 티맵에는 성주에서 안동 옥동까지 100.6km로 1시간 27분이 소요된다고 나왔으나 태수는, 아니, 괴물은 45분 만에 주파했다.

"이제 민영 씨는 어디로 갑니까?"

내리기 전에 태수가 물었다.

"부산으로 가요."

"집이 부산입니까?"

"부모님 집은 서울인데 내가 하는 일이 부산에 있어서 해운대에 살고 있어요."

"네……."

성주에서 부산으로 가려면 대구를 거쳐서 1시간 30분이면 갈 수 있는 거리를 안동까지 오는 바람에 서너 시간은 걸리게 되었다.

미안한 마음에 태수는 내리기 전에 깍듯하게 고개를 숙였다.

"덕분에 잘 왔습니다."

이민영은 그를 보면서 묘한 표정을 지으면서 아무 말도 하지 않았다.

"마라톤할 때 여러모로 도움도 받았고……."

"차 좋아해요?"

이민영이 뜬금없이 물었다.

"엄청 좋아합니다. 자동차과 나왔습니다."

"이 차는 어때요?"

태수는 대시보드를 쓰다듬었다. 이제 언제 다시 널 볼 수 있겠느냐는 듯한 행동이다.

"내겐 드림카입니다."

"이러는 거 어때요?"

"뭘 말입니까?"

이민영은 태수 쪽으로 몸을 틀어 똑바로 그를 쳐다보았다.

"하프마라톤 국내 최고기록은 이봉주 선수가 1992년에 세운 1시간 1분 04초예요."

태수는 놀라서 입이 벌어졌다. 자기가 대단히 빠른 줄 알았는데 이봉주는 태수보다 무려 11분이나 빠른 기록을 갖고 있었다는 것이다.

이민영이 배시시 미소 지었다.

"만약에 5월 31일 포천38선하프마라톤대회에서 태수 씨가 그 기록을 깬다면 이 차 태수 씨 줄게요."

"예?"

"농담 아니에요. 기록 깨면 진짜 이 차 줄게요."

"정… 말입니까?"

"인증샷 찍어요."

이민영은 안전벨트를 풀고 상체를 태수 쪽으로 기울여서 빰을 찰싹 붙이고 휴대폰을 쥔 오른손을 쭉 내밀었다.

찰칵!

"자, 폰번 교환해요."

"그러죠."

이때까지만 해도 이봉주 선수의 국내 하프 기록 1시간 1분 04초가 얼마나 위대한 기록인지 태수는 알지 못했다.

장장 23년 동안 깨지지 않았던 금단의 기록이라는 사실을……

이민영과 헤어진 후 3층 원룸에 올라와서 샤워를 하고 나오니까 휴대폰이 울리고 있다.

혜원이겠거니 짐작하면서 휴대폰을 집어 들었다. 태수에게 걸려오는 전화의 90%가 혜원이다. 나머지 10%가 친구들이나 가족, 그 밖에는 쓸데없는 전화다.

그런데 휴대폰에는 혜원이가 정해놓은 '울색시'라는 표시와 우리 둘이 닭살스럽게 뽀뽀를 하면서 찍은 사진 대신 낯선 전화번호가 떠 있다.

앞 번호가 02면 서울인데, 혜원이가 일요일에도 출근해서 회사 전화를 쓰는 걸 수도 있다.

"여보세요."

—여보세요. 한태수 씨입니까?

낯선 전화번호에다가 낯선 사내의 중저음 목소리가 묵직하게
고막을 울렸다.

"그렇습니다. 누구십니까?"

—프로스펙스 홍보팀 최민기 대리입니다.

태수는 잘못 걸린 전화거나 보이스피싱일 거라고 생각했다.
프로스펙스 최민기 대리라는 사람은 생판 알지도 못한다.

그러나 최민기 대리의 다음 말을 듣고 태수는 머리를 한 대
얻어맞은 기분이 되었다.

—오늘 성주참외마라톤 하프코스에서 1시간 12분 05초로 우
승하신 한태수 씨 맞습니까?

"맞… 습니다."

잘못 걸려온 전화가 아니다. 상대는 한태수 이름뿐만 아니라
오늘 성주참외마라톤대회에서 세운 기록까지 정확하게 알고 있
다. 그렇다면 상대는 태수에게 뭔가 용무가 있는 것이다.

—본론을 말씀드리자면, 앞으로 저희 프로스펙스에서 한태
수 씨의 스폰서가 되겠다는 것입니다.

"아……."

태수는 너무 놀랍고 충격적이어서 아무 말도 하지 못하는데
상대의 말이 이어졌다.

"저는……."

—일단 가계약을 하시면 내일 월요일 제가 안동을 방문하여

한태수 씨에게 본사의 스폰 내용과 조건에 대해서 상세히 설명을 드리도록 하겠습니다. 마음에 드시면 그다음에 계약을 하시면 됩니다.

"가계약이 뭡니까?"

태수는 정신이 하나도 없다.

─별거 아닙니다. 한태수 씨가 본사의 제의에 대해서 긍정적으로 생각한다고 한 말씀만 하시면 됩니다. 어떻습니까? 긍정적이십니까?

이건 뭐… 샤워하고 나오니까 호박이 넝쿨째 굴러 들어왔다.

프로스펙스는 대한민국 토종 브랜드로서 스포츠용품 굴지의 메이저 회사다.

그런 회사에서 경북 안동 촌놈에게 스폰서 제의를 하고 있는 것이다.

정녕 이게 꿈이냐 생시냐. 쥐구멍에 볕든다는 것은 이런 경우를 두고 하는 얘긴가 보다.

─한태수 씨?

상대가 태수를 찾고 있지만 그는 충격 때문에 심장이 뛰고 온몸의 피가 머리로 다 쏠린 것 같아서 금세 대답을 하지 못했다.

─한태수 씨께선 그냥 가계약을 하겠다고 한 말씀만 하시면 됩니다.

"그 말만 하면 되는 겁니까?"

—그렇습니다. 이 대화는 다 녹음이 되고 있기 때문에 우리 두 사람의 대화가 가계약서의 효력을 지니게 될 겁니다.

'녹음?'

'녹음'이라는 말에 태수는 정신이 번쩍 들어서 지금까지의 흥분과 충격이 씻은 듯이 사라졌다.

그러나 25년 동안 살아오면서 이런 경우, 아니, 이런 대박은 처음이기 때문에 태수는 어떻게 해야 할지 갈피를 잡지 못했다.

그렇지만 얼굴도 모르는 사람이 던지는 미끼를 무조건 덥석 삼키는 것은 아닐 거라는 생각이 본능적으로 꿈틀거렸다.

이런 일을 누구와 상의라도 해봐야 하는 건데…….

그 순간 제일 먼저 떠오른 사람이 이민영이다. 그녀는 이런 경험이 있을 테니까 좋은 조언을 해줄 것이다.

"잠시 후에 다시 통화해도 괜찮겠습니까?"

—그래도 무방합니다만 이왕이면 지금 가계약이라도 하시는 것이 여러모로…….

태수가 한 발 물러서자 저쪽에서 두 발 더 다가왔다.

그래서 태수는 자신은 급할 것 없으며 급한 건 저쪽일 거라는 믿음이 조금 생겼다.

이민영하고 폰번을 교환하길 정말 잘했다. 일방적으로 최민기 대리와의 통화를 끊고 나서 지체 없이 이민영에게 전화를 걸었다.

이민영하고 헤어진 지 한 시간밖에 지나지 않았으니까 그녀는 운전 중일 것이다.

발신음이 5번쯤 갔을 때 휴대폰에서 갑자기 요상한 소리가 흘러나왔다.

―아이고~ 우리 태수~ 벌쩌 누나가 보고 시퍼쪄요?

"이… 민영 씨 핸드폰 아닙니까?"

―우리 태수 다 컸네~ 누나더러 이민영 씨라고라고라? 누나가 뽀오~ 해주까?

이민영이 장난치는 거였다. 그러나 조금도 기분 나쁘지 않고 오히려 친근감이 있어 좋았다.

―우리 태수 왜 암말도 업스까? 태수야~? 누나 보고 시퍼서 울고 이쪄요?

태수는 빙그레 미소 지었다.

"누나 찌찌 주세요."

그건 혜원에게 잘하는 말이다. 그녀의 품으로 파고들면서 상의와 브래지어를 올리고 입으로 젖꼭지를 찾으면서 마치 어린아이처럼 곧잘 그렇게 응석을 부리곤 했다. 물론 혜원에겐 누나라고 하지 않고 '워냐'라고 부른다.

―아하하하하하하!

이민영의 숨넘어가는 웃음소리가 고막을 울렸다. 입을 크게 벌리고 목젖이 보일 정도로 호탕하게 웃는 그녀의 건강한 모습이 눈에 보이는 듯했다.

웃음을 그친 이민영이 아직 웃음기가 남은 목소리로 말했다.

―누나 찌찌는 나중에 태수 하는 거 보고 줄게.

그 말이 묘한 여운을 남겼으나 그냥 넘기고 태수는 본론으로 들어갔다.

"금방 프로스펙스라는 곳에서 전화가 왔었습니다."

그는 최민기 대리라는 사람이 한 얘기를 자세히 전해주었다.

―태수 씨.

갑자기 이민영의 목소리가 차분해졌다.

"네."

―그거 알아요?

"뭘 말입니까?"

―태수 씨의 1시간 12분대 하프코스 기록은 국내 마스터즈 역대 기록 20위 안에 들어요.

"그 정도입니까?"

태수는 그것밖에 안 됩니까? 라는 뜻인데, 이민영은 그렇게 잘 뛴 겁니까? 라는 뜻으로 받아들였다.

―대단한 거예요.

이민영의 다음 말이 태수의 심장을 울렸다.

―그건 역대 기록이고 태수 씨의 기록은 현존하는 마스터즈

중에서 10위 안에 들어요.

"현존 10위……."

이민영하고 통화하는 중에 전화가 또 왔는데 전혀 모르는 번호다.

프로스펙스는 아닌데 어쩌면 또 다른 스포츠메이커의 스폰서 제의일지도 모른다.

태수는 자신이 갑자기 유명해지고 있다는 사실을 조금씩 느끼기 시작했다.

—국내 엘리트 하프 기록은 이봉주 선수가 세운 남자 기록 1시간 1분 04초고, 여자는 삼성전자 김성은 선수의 1시간 13분 27초예요. 태수 씨는 여자 엘리트 선수보다 1분 20초나 빠른 기록이에요.

"그렇군요."

—이제 모든 메이커에서 태수 씨를 주목할 거예요. 왜 그런지 알아요?

"왜입니까?"

—국내 하프 기록을 세운 현존하는 마스터즈 중에서 태수 씨가 가장 젊어요. 다들 30대예요.

"아……."

—가능성이죠. 태수 씨는 가능성이 무궁무진해요. 그래서 내가 태수 씨를 주목하는 거예요.

그 말을 들으니까 갑자기 이민영이 태수에게 대쉬하는 스폰서 중에 한 사람으로 느껴졌다.

―이번 성주참외마라톤에서 태수 씨는 최선을 다한 게 아니었잖아요?

"그렇습니다."

―제대로 다시 뛰면 어느 정도 기록이 나올 것 같아요?

태수는 잠시 생각하다가 차분하게 대답했다.

"1시간 5분까지는 가능할 겁니다."

―그건 마스터즈 최고기록 경신이에요. 그래서 내가 태수 씨를 높이 평가하는 거예요.

휴대폰 너머에서 이민영의 말소리에 섞여서 재즈가 들렸다. 빌리 홀리데이의 'I'm a fool to want you'다. 태수가 좋아하는 노래 중에 하나다.

―스폰서 전화 받지 마요.

이민영의 목소리가 단호해졌다.

"그럼 어떻게 합니까?"

―아무 잔챙이나 덥석 물지 말아요. 태수 씨 기록을 더 경신해서 몸값을 더 올려요. 그때가 되면 지금보다 몇 배, 아니, 몇 십, 몇백 배 더 큰 대박이 터질 거예요.

"아……."

―한 번 계약하면 꼼짝도 못하고 그쪽에서 하자는 대로 다

해줘야 해요. 알아들어요? 이제 시작인데 초장부터 두 발에 족쇄 찰 필요 있어요?

"알겠습니다."

이민영의 어드바이스를 듣고 태수는 마음이 편안해졌다. 그녀에게 전화하길 정말 잘했다는 생각이 들었다.

"고맙습니다. 민영 씨."

—유어 웰컴.

통화 중에 또 전화가 왔다. 확인하니까 역시 낯선 전화번호다. 태수는 자신이 뜨고 있음을 느꼈다. 샤워하다가 나와서 벌거벗은 채 바닥에 앉아 있는데 마치 공중부양을 하는 기분이다.

—태수 씨.

이민영의 목소리가 조금 더 진지해졌다.

"말씀하십시오."

—태수 씨가 포천38선하프마라톤에서 이봉주 기록 깨면 내 차를 주는 건 물론이고 부상 하나 더 줄게요.

"뭡니까?"

이민영의 목소리가 갑자기 속삭임으로 바뀌었다.

—누나 찌찌.

"……."

—아하하하하하!

숨넘어가는, 그러나 듣는 사람의 뱃속까지 상쾌하게 만드는 이민영의 방정맞은 웃음소리가 쨍쨍 울렸다.

이민영하고의 통화가 끝나자마자 또 전화가 왔다.

그런데 이번에는 혜원이다.

―오빠, 무슨 통화를 그리 오래 해?

"워나."

태수의 목소리가 나직하고 진지해졌다.

―응?

"내가 너 행복하게 해줄게."

―지금도 행복해. 난 오빠 곁에만 있으면 제일 행복해.

태수는 코를 벌렁거리면서 왼손으로 가슴을 두드렸다.

"그것보다 백배 더 행복하게 해줄게. 조금만 기다려."

―고마워, 오빠.

혜원의 목소리가 촉촉해졌다. 눈물 많은 그녀가 그 말에 또 감격해서 눈물을 글썽이는 모습이 안 봐도 훤하다.

―지금 뭐해?

"지금?"

―응.

"샤워하고 나와서 고추 만지고 있다."

―고추? 까르르르……

혜원의 숨넘어가는 웃음소리가 아련하게 들렸다.

―함부로 고추 만지지 마. 그거 혜원이 거니까 나한테 허락받

아야 해.

"그럼 오줌 눌 때마다 전화해서 허락받아야 하냐?"

―딩동댕~

입으로 실로폰을 치고 나서 혜원은 또다시 숨이 끊어질 정도로 깔깔대며 웃었다.

두 여자의 웃음소리. 이민영의 웃음소리는 상쾌하고, 혜원의 웃음소리는 포근하다.

누군 아침에 눈을 뜨니까 유명해졌더라고 하지만, 태수는 샤워를 하고 나오니까 유명해져 있었다.

태수는 묵직한 다리를 이끌고 밤 8시쯤 호프집 알바를 갔다.

상금을 타고 스폰서 제의가 들어왔다고 해서 갑자기 벼락부자가 된 것은 아니니까 알바는 해야 한다.

지난번 영주소백산마라톤대회를 뛰고 나서 다음 날 아침에 온몸, 특히 다리가 아파서 하루 종일 꼼짝도 못했었는데 내일 아침에도 그럴 것인지 조금 걱정이 됐다.

마라톤대회를 하고 나면 반드시 다리가 아픈 것인지, 그렇다면 아프지 않는 방법은 없는 것인지 내일 인터넷 검색을 해봐야겠다고 생각했다.

일요일 밤의 옥동 먹자골목은 가게들이 삼분의 일 정도 쉬기 때문에 한산한 편이다.

그래도 태수가 일하는 호프집 U-TURN은 손님들로 북적거렸다.

일요일에 쉬는 집이 많기 때문에 누리는 반대급부적인 반짝 특수다.

호프집 사장이나 같이 일하는 동료들은 태수가 마라톤을 시작했다는 사실을 전혀 모르고 있다.

구태여 알릴 필요가 없다. 그런데 그 사실이 너무 빨리, 그것도 호프집에서 밝혀지는 사건이 벌어졌다.

"어… 어? 저거 태수 아냐?"

호프집 안에 설치되어 있는 대형 TV 앞에서 술을 마시던 단골손님들이 갑자기 TV를 가리키면서 환호를 터뜨렸다.

"태수 맞는데?"

"쟤가 왜 저기에 있는 거야?"

"성주참외마라톤이라는데? 뭐야? 태수가 우승한 거야?"

단골손님들이 와아! 하고 환호하면서 태수를 쳐다보자 가게 안 모두의 시선이 TV로 향했다.

TV에서는 시상식이 벌어지고 있었다. 시상대 가장 높은 곳 우승자 자리에는 싱글렛과 팬츠를 입은 훤칠한 태수가 우뚝 서 있었다.

가게 안에 고요한 침묵이 흘렀고, 모두들 TV 속으로 빨려들어 갈 것처럼 뚫어지게 주시했다.

TV 속의 태수는 우승트로피와 꽃다발에 이어서 상금이 든 봉투를 받고서 그것들을 치켜들고 카메라플래시 세례를 받고 있다.

태수는 손님 테이블에 안주를 내려놓고 나서 그 옆에 서서 신기한 얼굴로 TV를 쳐다보았다.

시상식 이후에는 인터뷰가 이어졌다. 태수가 세운 하프 기록 1시간 12분 05초라는 기록과 그의 나이가 25세라는 점이 부각되면서 인터뷰가 진행되었다.

"볼륨 좀 높여요!"

누군가 소리쳤고 즉시 TV 볼륨이 커졌다. 때마침 태수의 말이 흘러나왔다.

―안동 옥동의 U―TURN이라는 호프집에서 밤에 알바를 하고 있습니다.

―아… 일과 후에 또 아르바이트를 하시는군요.

그 말 뒤에 손님들이 와하하! 하고 웃음과 박수를 터뜨렸다.

―지금까지 안동시청 소속 한태수 선수와 말씀 나눴습니다. 여긴 영남방송입니다.

마지막으로 태수가 입고 있는 싱글렛의 '안동시청'이라는 글이 클로즈업되면서 인터뷰가 끝나자 바야흐로 가게 안은 난리가 났다.

"사장님! 태수한테 광고비 톡톡히 내야 하는 거 아닙니까?"

"야! 태수야! 너 안동시청에서 근무하냐?"

"태수야 너! 정말 굉장하다!"

U—TURN의 맘씨 좋은 사십 대 사장이 태수에게 다가와서 두 손으로 그의 어깨를 잡고는 진지하게 물었다.

"너 마라톤 계속할 거냐?"

"그럴 생각입니다."

"그럼 다음 대회부터는 우리 U—TURN 상호가 적인 옷 입고 뛰어라. 시급 시간당 만 원. 어떠냐?"

여기서도 스폰서 제의가 들어왔다.

그러나 야생마 가라사대 스폰서 제의는 거절하랬다.

다음 날 아침에 역시 태수는 침대에서 내려오지도 못할 정도로 온몸이 부서질 듯 아팠다.

"끙⋯⋯."

태수는 누운 채 눈을 껌뻑거리며 벽시계를 보니 아침 8시다.

지난밤에 알바 일하는 U—TURN에서 손님들과 사장이 축하한다고 연거푸 술을 권하는 바람에 몇 잔 마신 것이 수면제 역할을 했는지 한 번도 깨지 않고 푹 잤다.

그나저나 앞으로는 일요일마다 마라톤대회에 나가야 하는데 이런 식으로 그다음 날 꼼짝도 못할 정도로 아프면 곤란하다.

그러니까 원인을 찾아내서 뭔가 대책을 세워야만 한다.

그뿐만이 아니다. 태수에게는 도전해야 할 새로운 목표가 생겼다.

5월 31일 포천38선하프마라톤에서 이봉주 선수가 세운 국내 하프 기록 1시간 1분 04초를 깨야 한다.

태수가 지방대회인 성주참외마라톤대회에서 1시간 12분대로 우승한 것으로도 스포츠메이커에서 스폰서 제의가 들어오고 있는 판국인데, 만약 국내기록을 깬다면 어떤 일이 벌어지겠는가.

태수는 마라톤세계에 대해서 잘 모르지만 모르긴 해도 아마 굉장할 것이다.

이봉주 선수가 얼마나 유명한가. 대한민국에서 이봉주를 모르는 사람은 없을 것이다.

그러니까 국내기록을 깨면 태수도 이봉주만큼 유명해질 것이다.

"그건 그렇고……."

일단은 이 참기 어려운 근육통을 어떻게 해야만 한다.

머리맡을 더듬거려 휴대폰을 찾아서 검색을 시작했다.

"마라톤 근육통이라……."

익숙한 마라톤온라인이라는 사이트로 들어갔다.

한참을 뒤진 끝에 '달리기 부상'이라는 코너에서 '근육통의 정체'라는 것을 찾아냈다.

태수가 겪고 있는 이런 경우를 지발성근육통(遲發性筋肉痛)이라고 한단다.

원인은 근육을 구성하고 있는 근섬유나 막, 혹은 결합조직이 미세한 손상을 입어 이것을 회복하기 위해 생기는 염증 과정이라는 것이다.

즉, 평소에 사용하지 않던 근육을 장시간 사용했기 때문이라는데, 말하자면 하프마라톤을 달렸기 때문에 아픈 것이다.

이런 지발성근육통의 예방법도 나와 있었다.

가장 확실한 예방법은 매일 달려서 연습량을 차곡차곡 쌓는 방법이 최고라는 것이다.

"흠."

한 시간 정도 꼼꼼하게 이것저것 알아본 태수는 휴대폰을 내려놓고 천장을 물끄러미 응시했다.

그가 근육통 때문에 고생하고 있는 원인을 알아냈다.

그의 몸에는, 특히 다리에는 평소에 달리기에 필요한 근육이 만들어져 있지 않았기 때문이다.

제대를 하고 나서는 거의 달릴 일이 없었다. 아니, 한 번도 작심하고 달려본 적이 없었다. 그러니 마라톤에 적합한 근육이 다리에 있을 리 만무하다.

조금 전까지 태수가 두루 찾아본 여러 가지 자료에 의하면, 근육통은 근육 만들기의 첫걸음이라고 한다.

사용하지 않던 근육을 사용하면 근육이 미세하게 파열하고 그것이 며칠에 걸쳐서 회복한다.

　이후 원상회복이 되기 전에 또다시 달리기를 해주면 미세 근육파열이 재차 일어나고, 그것이 회복하는 과정이 계속 반복되면서 다리에 근육이 만들어진다.

　그것은 마라톤에만 국한된 얘기가 아니다. 어떤 운동이라도 근육파열의 과정은 반드시 거치게 되어 있다. 그러면서 그 운동에 이상적인 근육이 형성되는 것이다.

　문제는 근육파열이 일어났다가 너무 오래 쉬면 근육파열이 완전히 회복돼서 원래의 상태로 되돌아간다는 사실이다.

　그러기 전에 꾸준히 근육파열을 일으켜야 한다. 물론 무리는 금물이다.

　정오가 다 되도록 태수가 이불 속에 누워서 끙끙거리고 있는데 전화가 왔다.

　─프로스펙스 최민기 대리입니다.

　'아! 그 사람……'

　태수는 어제 통화하다가 끊고 나서 프로스펙스에는 다시 전화를 하지 않았었다.

　"네."

　─저 여기 안동입니다. 새벽에 출발해서 지금 도착했습니다.

'히익?'

―만날 수 있습니까? 아니, 사시는 곳을 말씀하시면 제가 그쪽으로 가겠습니다.

이건 꿈도 아니고 장난은 더욱 아니다. 태수는 당황해서 어떻게 대답해야 할지 머릿속이 멍했다.

이민영은 스폰서 제의는 무조건 거절하라고 말했었다. 태수 생각도 다르지 않다.

―한태수 씨?

태수는 크게 심호흡을 하고 침을 삼켰다.

"죄송합니다만, 스폰서 제의는 정중히 거절하겠습니다."

―한태수 씨, 일단 만나서 얘기합시다. 네?

"끊겠습니다."

그리고 휴대폰을 아예 꺼버렸다.

새벽부터 서울에서 안동까지 내려온 최민기 대리에게 미안했다.

탁탁탁탁······.

"헉헉헉······."

이틀 후 새벽에 태수는 낙동강변에 나와서 훈련을 시작했다.

태어나서 처음으로 마라톤을 위해서 훈련을 하는 것이다.

허리와 어깨의 근육통은 다 나았고 다리가 뻐근하지만 달릴

만하다.

새벽 댓바람부터 팬츠와 싱글렛 차림으로 다니는 것이 어색해서 아래는 트레이닝바지에 위에는 긴 티셔츠를 입었는데 달리기 시작한 지 5분도 지나지 않아서 더워 죽을 것 같았다.

안동에 살면서도 낙동강변은 처음 내려와 봤는데 정말 감탄이 나올 정도로 잘 꾸며져 있다.

탁탁탁탁……

앞쪽에서 짧은 팬츠에 바람막이 상의를 입고 고글에 귀에는 이어폰까지 꽂은 남자가 달려왔다.

마라톤 경력이 짧은 태수의 눈에도 그 남자는 마라톤 훈련을 하는 것 같았다.

"파이팅!"

그 사람은 태수를 보자 주먹을 불끈 쥐며 외쳤다.

"어… 파이……"

태수가 화답해 주려는데 그 사람은 벌써 저만치 가버렸다.

그날은 대충 뛰고 들어왔다.

우선 얼마나 뛰었는지 시간과 거리를 도통 알 수가 없으며, 옷을 길고 두껍게 입은 탓에 더워서 죽을 지경이다.

그리고 아까 지나친 사람처럼 고글과 MP3가 필요할 것 같았다.

태수는 수, 목, 금 3일 동안 새벽에 강변에 나가서 훈련을 계속했다.

마트에 가서 전자시계를 하나 샀으며 인터넷 검색으로 안동 낙동강변의 거리를 대충 뽑아봤다.

그가 사는 곳에서 3분쯤 걸어서 강변으로 내려가면 어가교가 나온다.

어가교에서 출발하여 철교까지가 1km, 그다음 왼쪽 도로 위에 보이는 실내체육관이 2km, 소방서가 3km, 안동댐에서 흘러내려오는 강물 위에 놓인 무너미를 지나 오른쪽 반변천을 따라서 용상 쪽으로 가다가 첫 번째 다리가 4km, 계속 달려 용정교까지 가면 5km다.

이후 역방향으로 돌아오면 10km가 된다.

첫째 날, 즉 수요일은 5km 남짓 뛰다가 복장 불량으로 너무 더워서 그만두었으며, 목요일에는 10km, 금요일에는 용정교까지 두 번 왕복으로 20km를 달렸는데 몸도 마음도 날아갈 듯이 상쾌했다.

금요일 낮에 혜원의 전화가 걸려왔다.

—지금 버스 탔어. 9시쯤 도착할 거야.

혜원은 4월 17일에 안동에 내려왔다가 19일에 서울로 올라갔으며 오늘 5월 1일에 내려오니까 12일 만이다.

태수는 혜원을 늘 보고 싶어 한다. 혜원이 안동에 왔다가 돌

아갈 때면 그녀가 원룸에서 나와 택시를 타고 시야에서 사라지
자마자 또다시 보고 싶어지곤 했었다.

고속버스에서 내린 혜원은 저만치에 서 있는 태수를 발견하
고 그 자리에 멈춰 섰다.

사람들이 버스에서 내리느라 복잡한 와중에도 그녀가 아! 하
고 탄성을 내뱉는 소리가 태수 귀에 똑똑히 들렸다.

혜원이 왜 저런 반응을 보이는지 태수는 잘 안다. 그녀가 안
동에 내려올 때 태수가 고속버스터미널까지 마중을 나와준 적
이 한 번도 없었기 때문이다.

마중은커녕 배웅도 해주지 않았었다. 알바 때문에, 그게 아니
면 이것저것 바쁘다는 핑계로, 그리고 피곤하고 귀찮다는 이유
였었다.

태수는 혜원이 곧 눈물을 터뜨릴 것 같은 기쁜 얼굴로 나비
처럼 팔랑거리면서 뛰어오는 모습을 보면서 깨달았다.

지금껏 혜원을 마중하지도 배웅하지도 않았던 이유는 자신
의 졸렬함 때문이었다는 사실을 말이다. 그리고 조금쯤의 열등
감도 있었을 것이다.

혜원은 젊은데다 아름답고 유능하며 말 그대로 전도양양한
아가씨다.

반면에 태수는 무엇 하나 내세울 것 없는 앞길이 캄캄한 백

수 청년이다.

그래서 태수는 지금까지 줄곧 혜원에게 소극적일 수밖에 없었으며 그녀가 베푸는 것을 받기만 했다.

그러나 이제는 아니다. 태수에겐 희망이라는 것이 생겼다. 그리고 그것을 이룰 자신이 있다.

"오빠……."

사람이 많은 데도 혜원은 달려와서 그의 품으로 뛰어들어 꼭 안겨서 바들바들 떨었다. 태수의 뺨에 닿은 혜원의 차가운 뺨이 축축하게 젖었다.

태수가 마중 한 번 나와준 걸 갖고 이 착한 아이는 또 감격하고 있다.

두 사람이 택시를 탄 후에 혜원이 늘 하던 대로 기사에게 행선지를 말했다.

"아저씨, 이마트 가주세요."

태수의 원룸에 이틀 동안 틀어박혀 있으려면 장을 봐야 한다. 당연한 일이지만 장을 보면 혜원이 돈을 냈다.

"아닙니다. 그냥 옥동으로 가주세요."

태수가 행선지를 정정했다.

"오빠."

"왜?"

뒷자리에 꼭 붙어 있던 혜원이 상체를 조금 떨어뜨리면서 새삼스러운 듯 태수를 살펴보며 눈을 반쯤 그윽하게 감았다.

"오빠 오늘 멋져 보여."

"자식, 나 원래 멋졌다."

태수는 원룸으로 가지 않고 옥동에서 제일 근사한 고깃집으로 혜원을 데려갔다.

꽃등심을 주문했으며 소주도 시켰다. 식사를 하면서 술을 마시는 내내 태수의 행동은 자신만만했고 호기로웠다.

술이 몇 잔 들어갔을 때 맞은편에 앉아 있던 혜원이 태수 곁으로 와서 바싹 붙어 앉아 뺨을 그의 어깨에 기대며 달콤한 목소리로 속삭였다.

"오빠, 오늘 정말 멋있어. 앞으로도 늘 오늘처럼 자신 있게 행동해. 알았지?"

그러면서 잘 익은 고기 한 점을 입에 넣어주었다.

"알았다."

태수는 그동안 자신이 얼마나 초라하고 궁색했었는지 새삼 깨달았다.

소주 세 병을 나누어 마신 두 사람은 11시쯤 자리에서 일어섰다.

지금까지는 혜원이 계산을 하는 것이 당연했으나 오늘은 아니다. 아니, 앞으로도 계속 그럴 일은 없을 것이다.

태수는 앞서 나가는 혜원의 팔을 잡아 세우고 계산대로 성큼 성큼 걸어갔다.

"얼마요?"

목소리에 힘이 들어갔다.

뒤에서 혜원이 어떤 표정을 짓고 있을지 보고 싶었지만 참았다.

그러고 보니까 이제껏 둘이 뭘 하고서 태수가 돈을 내는 것은 지금이 처음이다.

계산은 몇 천 원 빠지는 10만 원이 나왔다.

태수는 태연하게 5만 원권 2장을 내밀고 밖으로 나갔다.

"손님, 잔돈 받으셔야죠."

밖에서 그 말을 듣고 태수는 다시 쪼르르 달려 들어갔다.

"아! 잔돈."

두 사람은 원룸으로 돌아와 함께 샤워를 하고 서로 얼싸안은 채 침대에 쓰러졌다.

태수도 혜원도 말은 하지 않았지만 둘은 헤어져 있는 내내 지금 이 시간을 가장 기다려 왔었다.

사랑하는 두 사람이 하나가 되는 바로 이 순간을.

길고도 황홀했던 애무가 끝나고 태수는 성난 남성을 혜원의 목마른 여성 속으로 깊이 돌진시켰다.

"아… 사랑해. 여보."

혜원이 여린 몸을 바르르 떨었다. 사랑을 나눌 때면 흥분한 그녀는 태수를 '여보'라고 부른다.

태수는 그 상태에서 혜원을 굽어보았다. 불을 꺼서 캄캄한데도 창밖 네온사인 때문에 실내는 부윰한 빛이 은은해서 혜원의 하얗고 예쁜 얼굴 눈을 꼭 감고 입을 반쯤 벌리고 있는 모습까지 잘 보였다.

태수는 허리를 한 번 움직여 혜원과 더 깊이 결합했다.

"아아… 여보……."

혜원이 커다란 침에 찔린 것처럼 자지러지면서 온몸으로 그를 꽉 안았다.

"워나."

그 상태로 태수가 말했다.

"으… 응. 왜?"

"일요일 아침에 나하고 갈 곳이 있다."

태수는 모레 일요일 아침의 마라톤대회에서 자신이 일등으로 골인하는 모습을 혜원에게 꼭 보여주고 싶었다.

제4장
미친 신기록

토요일 새벽 5시에 휴대폰 알람이 어두운 원룸 안을 자늑자
늑 울렸다.

　　태수가 일어나려고 뒤척거리자 몸의 절반과 다리 하나를 그
의 몸에 얹고 있는 혜원이 깼다.

　　"으응… 오줌 누려고?"

　　"잠깐 다녀올 테니까 워나는 계속 자고 있어."

　　"어디 가는데?"

　　"자고 있으면 다녀와서 얘기해 줄게."

　　태수는 혜원의 뺨에 입 맞추고 침대에서 빠져나와 복장을 갖

추고 원룸을 나섰다.

아직 날이 어두웠으나 워낙 잘 아는 길이고 가로등 불빛이 있어서 강변까지 줄곧 내리막길을 천천히 달렸다.

박형준이 준 짧은 팬츠에 싱글렛, 쿠션이 좋은 런닝화에 발목까지 오는 양말을 신었으며, 왼손 손목에는 전자시계를 찼고 귀에는 이어폰을 꽂았다.

그리고 팬츠 허리 부분 안쪽에 작은 주머니가 있어서 거기에 애써 찾아낸 MP3를 넣었다.

어가교 아래 강변에 도착해서 준비운동을 했다. 따로 배운 것은 없고 성주참외마라톤대회 출발 전에 에어로빅팀이 나와서 시범을 보인 것을 기억나는 대로 해보았다.

"후우……."

크게 심호흡을 몇 번 하면서 오늘 새벽훈련의 계획을 정리했다.

내일 대회가 있으니까 오늘은 10km만 뛸 생각이다. 목표 시간은 30분. 1km당 3분 페이스다.

그러면 21km를 1시간 3분에 주파한다는 계산이 나온다.

하프 21.0975km의 끄트머리 0975km는 100m가 채 안 되니까 계산에 넣지 않았다.

양팔을 빠르게 움직이면서 땅을 딛는 발에 체중을 싣고 상체를 앞으로 숙인다.

그게 태수가 배운 마라톤의 전부이고 기초적인 상식이다. 하지만 그걸로 충분할 거라는 생각이다.

마라톤 뭐 별거 있겠나?

시계의 스톱워치 기능을 작동하여 00.00으로 만들고 MP3를 켰다.

여자 소프라노 가수의 노래가 중간에서부터 흘러나온다.

예전에 한창 음악에 빠져 있을 때 다운받아 두었던 것인데, 지금 나오는 것은 모차르트 마술피리 중에서 '밤의 여왕의 아리아'다. 태수가 특히 좋아하는 곡이다.

감이 좋다.

양 손바닥으로 허벅지를 찰싹찰싹 두 번 때리고 달려 나가면서 스톱워치 시작을 눌렀다.

탁탁탁탁—

아아아아아~ 아아아아~

마리아 칼라스의 천상의 목소리 고음이 고막을 자극한다. 기분 최고다.

"후후— 하하—"

고른 호흡을 유지하면서 왼발 오른발 체중을 실으며 양팔을 빠르게 그러나 규칙적으로 움직였다.

순식간에 1㎞ 철길 아래까지 도달했다.

시계를 보니까 2분 45초.

날아갈 것 같은 기분이다. 3분 예상했는데 15초나 당겼다. 이 기세를 몰아서 2㎞까지 간다.

3㎞ 소방서까지 왔을 때 날이 밝기 시작했다.

거기까지 8분 15초. 예정 시간 9분에서 45초나 빠르다.

탁탁탁탁탁······.

태수는 두 발에 터보를 단 것 같은 착각이 들었다.

속도를 더 올렸다.

어젯밤 혜원과 격렬하게 사랑을 나누었던 것이 그에게 힘을 불어넣어 준 것 같았다.

이윽고 용정교까지 5㎞ 도착했다.

긴장한 마음으로 시계를 보니까 14분 05초다.

"하하하!"

호쾌한 웃음이 저절로 나왔다.

돌아갈 때 조금 더 속도를 올린다면 10㎞를 28분 안에 찍을 수 있을 것이다.

그렇다면 단순하게 생각해도 하프를 59분에 끊을 수 있다는 계산이 나온다.

이거 뭐, 5월 31일 포천38하프마라톤대회까지 갈 필요 없이 내일 이봉주의 기록을 갈아치워 버리는 거다.

탁탁탁탁······.

돌아가는 길에는 일부러 시계를 보지 않았다. 맛있는 것은 나중에 먹으려고 아끼는 기분이다.

컨디션이 점점 더 좋아졌으며 마치 구름 위를 달리는 것 같은 기분이라서 기록은 전반 5㎞보다 훨씬 좋을 것이다.

모르긴 해도 후반 5㎞는 12분쯤? 아니, 좀 늦는다고 해도 넉넉잡아 13분일 것이다.

그럼 전반 14분에 후반 13분을 더하면 27분이다. 후반으로 갈수록 더 빨라지는 케이스다.

그걸 하프로 환산한다면, 하프 전반 10㎞를 28분에 달리고, 후반 10㎞를 26분에 달리면 합쳐서 54분. 거기에 나머지 1㎞하고 100m를 3분에 뛰면······.

'미치겠다······.'

57분이라니······.

대한민국 최고의 러너 이봉주가 갖고 있는 23년 동안 깨지지 않은 하프 기록이 1시간 1분 04초인데, 태수가 그걸 무려 4분이나 단축시키는 것이다.

그 일로 대한민국이 온통 뒤집어지고 태수는 일약 스타덤에 올라 연일 인터뷰에 어마어마한 스폰서 제의가 쏟아질 거라는 생각을 하니까 로또가 부럽지 않았다.

탁탁탁탁······.

드디어 어가교에 도착했다.

"하이악! 학학학······."

심장이 터지려다 못해서 찢어지는 것 같다. 하지만 기분은 최고다. 오르가즘보다 더 좋다.

긴장된 마음으로 시계를 봤다. 26분일까? 아니면 27분?

"……."

그런데 시계를 보는 순간 태수는 멍해졌다.

무려 31분 30초다.

절대로 이럴 리가 없다. 이건 시계가 고장 난 게 분명하다. 그래서 좀 비싸더라도 메이커 시계를 살걸 그랬다는 후회가 들었다.

하지만 잠시가 지나고 냉정을 되찾은 태수는 시계가 고장도 뭣도 아니라는 사실을 인정해야만 했다.

도무지 이해가 되지 않는 일이다. 전반 5㎞를 14분05초에 달렸다.

그리고 후반 5㎞는 전반보다 훨씬 기분 좋게, 그리고 빠르게 달렸는데 어째서 17분 25초나 걸렸다는 말인가.

"이게 무슨……."

이런 식으로 하프를 달린다면 3번째 5㎞와 4번째 5㎞에서 기록이 점점 늦어질 것이다.

그래서 만약 3번째에서 19분, 4번째에서 21분 정도에 달리게 되어 모두 합산하면 1시간 11분이 된다.

태수가 지난 주 일요일 성주참외마라톤에서 세운 대회 신기록은 1시간 12분 05초였다.

그렇다면 제아무리 죽을 똥을 싸면서 달려도 1분 정도 단축하거나 전과 다름이 없다는 얘기다.

"이럴 리가 없어… 뭔가 잘못된 거다."

그는 자신이 낸 기록을 도저히 인정할 수가 없었다.

거리에 오차가 있더라도 최소한 달려간 시간과 달려온 시간이 비슷해야 납득이 갈 것 아닌가.

태수가 최초 출발지점에서 그렇게 멍 때리고 있을 때 저만치에서 한 사람이 느리게 달려오고 있는 모습이 보였다.

얼마나 느린지 조금 전에 태수가 달리는 속도에 비하면 30%에도 미치지 못하는 것 같다.

딜레마에 빠진 태수가 심드렁하고 있는데 그 사람이 가까이 달려오다가 멈추고 아는 체를 했다.

"여어~ 윈드 마스터!"

"네?"

그 사람은 얇은 나이키 모자에 검은 색 스포츠 고글, 얼굴 전체를 가리면서 앞이 터진 마스크까지 했으며, 위에는 몸에 찰싹 달라붙는 붉은색 싱글렛, 아래는 숏팬츠다. 그런데 허리에는 벨트를 차고 있으며 허리 뒤쪽에 물병이 꽂혀 있다.

그리고 벨트 주머니에서 선 하나가 나와 두 개로 갈라져 양쪽 귀에 꽂았다. 이어폰이다.

갖출 건 다 갖춘 완전무장이다.

"물 마실래?"

그 사람이 귀에서 이어폰을 빼고 물병 뚜껑을 열어 태수에게 내밀었다.

태수는 엉겁결에 물병을 받고 나서 이어폰을 빼고는 조심스럽게 물었다.

"저를… 아십니까?"

"하하하! 날 모르겠나?"

그 사람이 마스크를 벗자 태수는 즉시 아! 탄성을 질렀다.

"24번!"

그는 성주참외마라톤에서 절망에 빠져 있는 태수에게 양팔이 자전거 페달이라고 깨우침을 주었던 바로 그 50대 24번 아저씨였다.

"안동 사십니까?"

태수의 반가운 물음에 24번은 태수네 원룸 쪽을 가리켰다.

"세영두레에 사네."

"아……."

세영두레마을은 태수네 원룸 위쪽에 있는 대단지 아파트다.

태수는 구세주를 만난 기분이다. 24번에게 자신이 오늘 새벽에 겪은 이 풀리지 않는 수수께끼에 대해서 해답을 구하고 싶었다.

이하는 태수의 설명을 들은 24번의 진단이다.

결론적으로 말한다면 태수는 오버페이스를 했다.

즉, 사람에게는 100이라는 고정된 에너지가 있어서 만약 10㎞를 달린다고 하면 에너지를 매 1㎞마다 고르게 분배를 해야 하는 법이다.

그런데 태수는 전반 5㎞에 에너지 70을 한꺼번에 쏟아부었기 때문에 후반 5㎞에는 나머지 에너지 30만으로 달릴 수밖에 없어서 기록이 저조했다는 것이다.

태수가 기분 상으로 후반이 더 빠르게 달린 것 같다는 것에 대한 의문은 이랬다.

그것을 마라톤에서는 러너스 하이(Runner's High)라고 하는데, 마라톤 같은 특정 운동을 하는 도중에 나타나는 신체적인 쾌감이라고 한다.

그래서 스스로 행복해지고 아주 잘 달리고 있다는 착각에 빠진다는 것이다.

일정 시간 이상 일정 강도의 운동을 계속하면 인간의 뇌에서 베타엔돌핀(Beta Endorphin)이라는 물질을 분비하는데, 이 물질이 마약성 물질을 투여했을 때와 비슷한 느낌을 느끼게 한다는 것이다.

24번이 처방을 내렸다.

"이븐 페이스로 뛰게."

"이븐 페이스요?"

"등속주행이라고도 하네. 자신이 달릴 거리에 에너지 100을 고르게 분배해서 고른 속도로 달리는 거야. 매 ㎞를 3분이면 3분, 3분 10초면 3분 10초. 고르게 달리는 거지. 그게 이븐 페이스야."

24번은 태수에게서 물병을 받아 벌컥벌컥 마시고 나서 그의 어깨를 툭 쳤다.

"명심하게. 마라톤은 무조건 이븐 페이스야. 그리고 힘이 남으면 후반에 스퍼트 가속하는 거지."

"아… 그렇군요."

정말 큰 깨우침에 태수는 처음부터 계속 고개를 끄떡였다.

이건 유레카가 아니다. 마라톤의 깨우침은 계속된다. 그러니까 끝없는 유레카다.

24번이 다시 마스크를 쓰고 도로 쪽으로 달려 올라가려는 걸 보고 태수가 물었다.

"아까 왜 그렇게 천천히 달렸습니까?"

"LSD야."

"네? 그게 뭐죠?"

"완전 초보로구만?"

태수는 머리를 긁적였다.

"헤헤… 초짭니다."

"LSD는 Long Slow Distance, 즉 천천히 오래달리기지."

"아……."

"지구력, 근력, 심폐기능 강화에는 LSD가 최골세. 달림이들은 마라톤 시작도 끝도 다 LSD야."

"그렇군요."

태수는 돌아서는 24번에게 물었다.

"제가 선생님을 뭐라고 부릅니까?"

24번이 돌아봤다.

"내 이름은 조영기일세! 그냥 손해 보는 셈치고 형이라고 불러주면 고맙고, 하하하!"

"알겠습니다! 형님!"

태수가 꾸벅 허리를 굽히자 24번 조영기가 주먹을 힘껏 쥐어 보였다.

"기대하고 있네, 윈드 마스터."

"형님, 그런데 제가 어째서 윈드 마스터입니까?"

"하하하! 자네 달리는 모습이 그냥 딱 바람을 가르는 윈드 마스터야! 성주참외마라톤에서 자넬 보고 내가 심심해서 붙여봤네!"

"마음에 듭니다."

태수는 벙긋 미소 지었다.

5월 3일 일요일.

태수는 화성효마라톤대회 하프코스 출발선에 많은 선수 속에 섞여 있다.

"오빠가 마라톤을 하다니, 난 아직도 믿어지지 않아."

혜원은 가장자리에 서 있는 태수의 손을 잡고 걱정스러운 표정을 지었다.

태수는 자기가 처음 마라톤을 시작하게 된 동기와 성주참외마라톤에서의 일을 아직 혜원에게 말하지 않았다.

오늘 하프코스 우승을 하면 다 말해줄 생각이다. 우승트로피와 함께 말이다.

"여러분! 한태수 선수가 나왔습니다! 한태수 씨 손 한 번 흔들어주십시오!"

그때 단상의 사회자가 어떻게 태수를 발견했는지 그를 보고 소리쳤다.

"아! 뭐야, 오빠?"

혜원은 깜짝 놀라서 손을 놓고 물러나고, 태수는 멋쩍게 웃으며 오른손을 들어 흔들었다.

"한태수 씨는 성주참외마라톤 하프코스에서 1시간 12분 05초의 놀라운 기록으로 우승했습니다! 여러분! 힘찬 함성과 박수 부탁합니다!"

와아아아— 짝짝짝짝—

함성과 박수가 와르르 쏟아졌다.

태수가 쳐다보니 혜원은 너무 놀라서 눈을 동그랗게 뜨고 두 손을 가슴에 얹고 있다.

사회자가 외쳤다.

"카운트다운 5부터 셉니다!"

"출발—!"

화성효마라톤의 하프코스 주자 600여 명이 한꺼번에 출발선에서 쏟아져 나갔다.

와아아!

다다다다다—

태수는 컨디션이 날아갈 듯 가볍지는 않았고 다리가 약간 묵직한 듯 뻐근했다.

태수의 얕은 마라톤 지식으로는 근육 피로가 다 풀리지 않은 것 같았다.

운동장을 빠져나가기 전에 왼쪽의 응원하는 사람들 쪽을 힐끗 쳐다보았다.

혜원을 찾으려는 무의식적인 행동인데 혜원이 거기에 있을 리가 없다.

그런데 혜원의 모습이 보였다. 있을 뿐만 아니라 태수가 달리고 있는 방향으로 죽어라고 달리면서 뭐라고 외치고 있다.

사… 랑… 해…….

혜원은 분명히 사랑한다고 외치고 있었다.

울컥! 하고 뜨거운 것이 태수의 가슴속에서 치밀었다.

'나도 사랑한다, 워나. 죽을 만큼…….'

운동장을 빠져나가는 태수의 기분은 최고다. 혜원을 봤기 때문이다.

태수는 아직 출발선 맨 앞에서 자리다툼을 벌이는 것이 익숙하지 않기에 30m쯤 뒤처져서 달려 나가면서 시계의 스톱워치를 눌렀다.

탁탁탁탁—

그의 군건하고 늘씬한 두 다리가 아스팔트를 힘차게 차고 나갔다.

시궁창 같던 그의 팍팍한 삶의 노정에서 마침내 돌파구를 찾아냈다.

지지리도 일이 풀리지 않아서 별별 공상을 다 해봤었지만, 마라톤이라는 것은 단 한 번도 상상해 본 적이 없는 가능성이었다.

그걸 우연한 기회에 발견했다. 마라톤은 태수를 수렁에서 건져 줄 것이고, 그의 신분을 수직으로 상승시켜 줄 것이며, 그래서 혜원에게 떳떳한 애인이 되도록 만들어줄 것이다.

태수의 첫 번째 꿈은 혜원과의 결혼이다.

그리고 두 번째 꿈은 근사한 요트를 구입해서 거기에 혜원을 태우고 함께 세계 일주를 하는 것이다.

틈만 나면 인터넷에서 세계의 요트 메이커들과 요트의 종류, 가격 따위를 검색하곤 했었다.

그러다가 문득 자신의 초라한 신세를 깨닫고는 쓴웃음을 지으며 서둘러 검색을 끝내곤 했었는데 이제 그게 막연한 꿈만은 아니게 되었다.

출발해서 500m쯤 달렸을 때 태수 앞쪽의 주자들이 정리되고 있었다.

잘 뛰는 사람들이 선두로 쭉 치고 나갔으며, 2위 그룹과 3위 그룹, 그리고 평범한 마스터즈들이 그 뒤를 따랐다.

3위 그룹에 속해 있는 태수는 서서히 발동을 걸었다.

그의 목표는 1위 그룹에 들어가는 것이 아니라 아무도 범접하지 못하는 단독 1위로 나서는 것이다.

태수는 입고 있는 싱글렛의 가슴을 슬쩍 내려다보았다.

어제 혜원과 함께 이곳 화성시에 도착하여 옷 수선집에 들러서 싱글렛 가슴팍의 '안동시청'이라는 문구를 지워 버렸다.

그리고 거기에 'Wind Master'라는 영문을 필기체로 멋지게 수놓아달라고 했다.

조영기 형님이 지어준 윈드 마스터라는 별명이 마음에 쏙 들었기 때문이다.

이제 더 이상 사람들이 태수를 보고 안동시청 소속이라고 떠들지 못할 것이다.

그는 당당한 윈드 마스터다.

탁탁탁탁—

태수는 일렬로 달리고 있는 2위 그룹 5명의 왼쪽으로 바람처럼 씽씽 추월하면서 윈드 마스터의 위용을 뽐냈다.

이어서 1위 그룹 3명의 뒤꽁무니에 붙었다가 왼쪽으로 치고 나가기 시작했다.

그때 갑자기 그의 귀에 환청처럼 노랫소리가 들렸다.

And She's buying a stairway to heaven~
그리고 그녀는 천국으로 가는 계단을 사려고 하지요~

전설의 락그룹 레드 제플린의 '스테어웨이 투 헤븐', 천국으로 가는 계단이다.

태수의 두 다리에 힘이 넘치고 있다. 그는 혜원에게 천국으로 가는 티켓을 사주고 싶다.

탁탁탁탁—

1위 주자들이 뒤로 쑥쑥 밀려났다.

Ooh It makes me wonder~

오오 놀라워요~

놀랍지. 암, 놀랍고말고. 이제부터 나 한태수가 어떻게 천국으로 오르는지 보여주마.

태수는 선두 왼쪽으로 붙었다. 선두를 추월하기 위해서 가일층 힘을 낼 필요는 없다.

지금 태수는 아주 편안하게 달리고 있다. 허파가 찢어지고 심장이 터질 정도로 달리는 것은 아직 때가 아니다.

선두의 배번호는 3001번. 앞의 300은 의미가 없는 숫자이고 맨 뒤 1이 중요하다. 즉 이번 대회 하프코스 1위 후보다.

참고로 태수의 배번호는 3475번. 아직 그의 명성이 화성효마라톤에는 미치지 못했다는 반증이다.

선두 왼쪽을 치고 나가려는데 갑자기 선두가 태수를 쳐다보면서 힘차게 외쳤다.

"한태수 파이팅!"

"엇? 형님!"

선두는 박형준이었다. 그가 이 대회 하프코스에 참가했을 줄은 몰랐다.

박형준이 달리면서 환하게 웃어 보였다.

"치고 나가!"

탁탁탁탁—

태수는 대답하는 대신 쏜살같이 앞으로 달려 나갔다.

어찌 보면 박형준은 태수에게 마라톤이라는 신세계로 들어가는 문을 활짝 열어준 은인이다.

그날 자장면 배달을 하는 태수를 박형준이 밀쳐서 쓰러뜨리지 않더라면 지금의 한태수는 존재하지 않았을 것이다.

아마도 지금쯤 어디 편의점이나 마트의 주차요원 같은 것을 하고 있을 터이다.

더구나 태수가 지금 입고 있는 팬츠와 싱글렛, 런닝화는 다 박형준이 준 것이다.

누구 말처럼 박형준이 밥상을 다 차려놨는데 태수는 숟가락 하나만 달랑 들고 밥상머리에 앉은 것이다.

태수는 박형준에게 보답하는 길은 이 대회에서 우승하고 더 나아가서 대한민국 마라톤을 평정하는 것이라고 생각했다.

하프 반환점을 돌기 전 급수대에서 게토레이 세 컵과 초코파이 두 쪽을 10초 만에 다 먹어치우고 다시 뛰기 시작했다.

지금 태수는 놀라운 경험을 하고 있다. 그의 20m쯤 전방에는 승용차 한 대가 천천히 달리고 있다.

승용차 지붕에는 전광판이 달려 있고 거기에는 큰 글씨의 전자시계가 반짝이고 있다.

말하자면 저 차는 선도차다. 1위로 달리는 선수 앞에서 길을 터주고 시간을 알려주는 역할을 하는 것을 TV에서 본 적이 있는데 지금 태수 앞에 선도차가 달리고 있다.

국산 중소형 승용차인데 전기차라서 배기구는 물론 배기가스도 없다. 그러니까 뒤따르는 선수에게는 무해하다.

선도차 지붕의 전자시계는 35분 17초를 나타내고 있다.

태수는 조영기 형님이 말한 대로 이븐 페이스로 달리고 있다.

1km당 3분 10초에서 3분 20초 사이로 달리면 10km에 32분이나 33분.

거기에 0.975km의 절반 0.487.5km를 더해야 하프코스의 절반인데 현재 태수 기록이 35분 17초다.

예상했던 것보다 2~3분 더 늦다. 시계는 차고 있지만 달리면서 일일이 시계를 보지 않아서 원인이 뭔지 모르겠다.

하지만 조영기 형님 말씀대로 이븐 페이스로 달리다가 후반 3km 남겨두고 스퍼트하려고 했는데 이러면 계획을 변경해야만 한다.

아직은 달리는 게 편안하다. 아니, 너무 편안하다. 조금쯤 괴로워도 상관이 없는데 힘을 너무 축적한 것 같다.

태수가 속도를 조금 더 높여서 달려 12km를 지나 반쯤 왔을 때 맞은편에서 2위 주자인 박형준이 달려오고 있었다.

박형준은 자기보다 2km 이상 앞선 태수를 보고 놀라더니 자기의 처지도 잊은 듯 고함을 질렀다.

"윈드 마스터! 파이팅!"

박형준이 윈드 마스터는 어떻게 알고 있는지 궁금하다. 혹시 박형준과 조영기 형님은 서로 아는 사인가?

탁탁탁탁—

전방의 선도차 말고 얼마 전부터 태수에게 카메라가 달라붙었다.

한 대의 오토바이 뒷자리에 탄 카메라맨이 태수의 측면에 가까이 붙어서 찍고 있는데, 카메라에 MBC라고 적혀 있다.

MBC면 지상파고 전국으로 나간다. 태수는 조금 흥분해서 카메라맨에게 물었다.

"헉헉헉… 이거 생방송입니까?"

카메라맨은 어? 하는 표정을 지었다. 설마 달리고 있는 선수에게 그런 질문을 받을지 몰랐기 때문이다.

오토바이를 몰던 사람은 놀란 얼굴로 태수를 쳐다보다가 오토바이가 균형을 잃고 비틀거리는 바람에 하마터면 처박을 뻔했다.

잠시 후에 카메라맨이 웃음을 터뜨렸다.

"하하하! 녹화입니다!"

"아… 네… 헉헉헉……"

태수는 18㎞에서 스퍼트를 시작했다.

골인했을 때 힘이 남아 있는 것은 전력으로 달리지 않았다는 뜻이다. 그러므로 마지막 한 방울의 힘까지 다 쏟아부을 각오다.

아까는 몰랐는데 반환점을 돌고 나서는 문득문득 혜원이 보고 싶어졌다.

골인 지점에서 초조하게 걱정하면서 기다리고 있을 혜원의 모습이 자꾸만 눈앞에 어른거렸다.

태수는 그런 생각을 하다가 자기가 실제로는 혜원을 엄청나게 사랑하고 있다는 사실을 깨달았다.

그러고는 혜원이 그 사실을 알고 있을까, 하는 의구심이 생겼다. 표현한 적이 없으니까 알 리가 없을 것이다.

혜원을 한시라도 더 빨리 보고 싶은 마음에 속도를 더 냈다. 20㎞를 막 지났을 때 선도차의 시계는 1시간 2분 22초를 나타내고 있었다.

반환점을 돌아 9.4875㎞를 달려오는 데 27분 03초 걸렸다.

태수가 훈련을 하던 안동 낙동강변은 평지인 데 비해서 이번 코스에는 가파르고 긴 언덕이 여러 개 있었다.

출발선에서 반환점까지 35분 17초 걸렸던 것에 비하면 대단한 기록이다.

마지막 남은 1㎞를 2분 38초 안에 달린다면 하프 기록이 1시간 4분대에 들어가지만 2분 38를 넘기면 1시간 5분으로 넘어간다.

4분과 5분이 갖는 의미와 가치의 차이는 크다. 태수는 이왕이면 4분대의 기록을 갖고 싶다고 생각했다.

태수는 조영기 형님이 가르쳐 준 '양팔젓기'를 시작했다. 급할 때 사용하는 비장의 무기다.

다다다다—

이건 땅을 딛는 발에 체중을 싣는 체간 달리기나 상체를 앞으로 숙여서 하는 달리기하고는 거리가 멀다.

허리 위 상체는 허공에 떠 있고 그냥 두 다리만 미친 듯이 움직이는 것 같았다.

운동장 입구가 보였다. 선도차가 옆으로 비켜서고 카메라맨을 태운 오토바이만 태수 옆에 바짝 붙어 운동장으로 진입했다.

탁탁탁탁…….

"학학학학……."

허파가 찢어지고 심장이 드럼을 마구 두드리는 것 같다.

"드디어 하프코스 선두주자가 들어오고 있습니다! 여러분 힘찬 박수!"

와아아— 짝짝짝—

사회자가 악을 쓰는 소리와 함성, 박수 소리가 들렸다.

골인 지점이 100m 앞으로 다가왔다. 태수는 숨을 쉬지 않고 무호흡 상태로 마치 100m 단거리 선수처럼 전력으로 질주했다.

우주의 진공상태에 떠 있는 듯한 상태에서 눈동자를 굴려 혜원을 찾아보았다.

혜원이 보였다. 골인 지점 테이프 너머에 청바지에 하늘색 티셔츠를 입은 혜원이 두 손을 가슴에 모은 채 태수를 바라보고 있다.

태수는 혜원 얼굴이 온통 눈물범벅인 것을 발견했다.

'울지 마라, 워나. 이제부터는 네 눈에서 눈물 나오지 않게 해 줄 테다.'

골인 직전 아치의 시계를 보니 1시간 5분 04초다.

제기랄! 4초 차이로 4분대는 실패했다.

난리가 났다.

아니, 이건 난리가 아니라 마라톤대회장이 발칵 뒤집혔다는 표현이 맞다.

마라톤을 하는 사람은 두 종류로 구분된다.

엘리트와 마스터즈다.

대한육상연맹에 정식으로 등록하고 전문으로 달리는 선수를 엘리트라 하고, 직업은 따로 있으면서 취미로 달리는 사람을 마스터즈라고 한다.

국내에 엘리트대회는 몇 개 안 된다. 소위 조중동이라고 하는 메이저 대회, 즉 조선일보춘천마라톤, 동아서울국제마라톤, 서울중앙마라톤이다.

그 외에 대구국제마라톤이나 새만금국제마라톤 등 '국제'라는 이름이 붙은 대회에 엘리트 선수가 뛸 수 있는 자격이 주어진다.

그런 대회들은 상금이 최소 몇 천만 원으로 엄청나다.

당연히 태수는 마스터즈다. 그런데 태수가 엘리트 선수들도 돌파하기 어려운 기록으로 지방의 마스터즈대회에서 우승을 한 것이다.

국내 하프마라톤 엘리트 최고기록은 이봉주가 세운 1시간 1분 04초이고, 마스터즈 최고기록은 서창원이 세운 1시간 8분 27초다.

서창원은 순수 국내파가 아니다. 아프리카 브룬디 출신으로 대한민국에 유학을 왔다가 브룬디에 내전이 벌어지는 바람에 귀국하지 못하고 남아 있다가 결국 대한민국으로 귀화하여 '창원 서씨'의 시조가 되었다. 그래서 이름을 '창원'이라고 지었다.

귀화한 이후에 서창원은 마스터즈로서 국내의 모든 기록을 갈아치웠다.

그런데 태수가 화성효마라톤에서 서창원의 하프 기록을 뚝

딱 갈아치운 것이다.

그것도 몇 초가 아니라 서창원의 하프 기록을 무려 3분 25초나 앞당겨서 경신했다.

2015년 5월 3일 경기도 화성시 한귀퉁이에서 대한민국 마라톤의 새로운 지평을 여는 역사적인 사건이 조용히 벌어진 것이다.

사람들이 태수의 하프마라톤 기록 경신에 열광하는 진짜 이유가 따로 있다.

서창원이 국내 풀코스부터 하프코스, 10㎞ 기록을 죄다 갖고 있지만 그는 어디까지나 아프리카 출신 귀화인이다. 그러니까 순수 대한민국 국민이 세운 기록이라고 볼 수는 없다는 것이다.

그런데 완전 대한민국 토종 경북 영양군 시골 촌구석 출신 한태수가 아프리카 귀화인 서창원이 갖고 있던 기록을 깼으니 그 의미는 대단할 수밖에 없는 것이다.

사람들이 태수를 둘러싼 채 환호성을 지르고, 그를 보호하려는 주최 측 사람들과 취재하려고 달려드는 취재진, 그리고 계약을 시도하려는 스포츠메이커 사람들 때문에 피니시라인 안쪽은 아수라장이 됐다.

태수는 골인하자마자 혜원을 부둥켜안고 우승의 기쁨을 함께 나누고 싶었으나 혜원을 만져 보기는커녕 사람들에게 둘러

싸여 그녀를 보지도 못했다.

　태수는 시상대의 가운데 가장 높은 자리에 우뚝 섰다.

　골인한 이후 사람들에게 시달리느라 아직 옷도 갈아입지 못한 모습이다.

　그가 입고 있는 약간 푸른색의 싱글렛 가슴 부위에 화성시 어느 옷수선집 아줌마가 새겨준 'Wind Master'라는 글씨가 유난히 선명하다.

　2위는 박형준이고 3위는 생판 모르는 얼굴이다. 누군가의 말에 의하면 2위와 3위는 태수하고 10분 가까운 기록 차이가 난다고 했다.

　화성시장이 트로피를 들고 태수 앞에 서 있고, 사회자가 낭독을 했다.

　"이름 한태수. 위 사람은 제 16회 화성효마라톤대회 하프코스에서 1시간 4분 58초의 기록으로 우승하였기에 트로피와 상금 45만 원을 드립니다!"

　와아아― 짝짝짝짝―

　모두들 함성과 박수를 터뜨렸다.

　그런데 태수는 의아했다. 자기는 분명히 1시간 5분 04초로 골인했는데 방금 사회자가 1시간 4분 58초라고 말했기 때문이다.

"저… 기록이 틀립니다."

화성시장이 상을 주려고 하는데 태수는 받을 생각은 하지 않고 사회자에게 이의를 제기했다.

상을 받으려고 시상대에 서 있던 사람이 기록이 틀리다면서 따지고 드는 것은 사상초유의 일이다.

사회자는 조금 당황하는 것 같더니 들고 있는 종이를 들여다보면서 말했다.

"한태수 씨, 넷 타임(Net time)은 1시간 4분 58초가 맞습니다. 정확합니다."

"넷 타임이 뭡니까?"

넷 타임이 뭔지도 모르는 인간이 시상대 가장 높은 곳에 서서 사회자에게 묻는 진풍경이 벌어졌다.

그때 2위 시상대의 박형준이 당황한 얼굴로 재빨리 설명해주었다.

"출발할 때 총소리와 함께 재는 게 건 타임(Gun Time)이고, 각자의 신발에 부착된 전자칩이 출발선과 반환점, 골인선을 통과할 때의 시간을 정확하게 재는 게 넷 타임이야. 건 타임은 등수만을 가리는 것이고, 넷 타임이 진짜 기록이야."

"아……."

태수는 아직도 런닝화 오른쪽 운동화끈에 묶여 있는 손톱 두 개 크기의 하얀색 칩을 내려다보았다.

하프코스 매 5km마다 주로에 특수한 발판이 있는데 그걸 밟을 때마다 삐이— 하는 소리가 났었다. 그게 시간을 측정하는 것이었다는 얘기다.

"그럼 내가 1시간 4분대라는 겁니까?"

"그래, 이 친구야. 자넨 진짜 윈드 마스터라구."

태수는 출발할 때 선두주자들보다 30m쯤 뒤처졌었다. 그러니까 그게 6초의 시간을 벌어준 것이다.

시상식이 끝나자 박형준이 태수의 팔을 잡았다.

"우리 천막으로 가세."

"찾을 사람이 있습니다."

태수는 시상대를 내려오면서 두리번거리다가 시상대 아래 사람들 틈에 섞여서 뚫어지게 자기를 바라보고 있는 혜원을 발견했다.

"워나!"

혜원은 계속 울었는지 두 눈이 촉촉하다. 그리고 얼굴에는 당황함과 두려운 표정이 가득했다.

"오빠, 이게 다 무슨 일이야?"

혜원은 태수를 낯선 사람 보듯이 바라보았다.

"누구신가?"

따라온 박형준이 혜원을 보며 이미 두 사람 사이를 짐작한다는 듯이 물었다.

"여친입니다."

태수는 쑥스럽게 그러나 떳떳하게 대답했다.

박형준이 혜원에게 꾸벅 고개를 숙였다.

"처음 뵙겠습니다, 제수씨."

넉살도 좋다.

태수와 혜원은 박형준의 안내로 안동시청마라톤 동호회 천막으로 갔다.

거기 바닥의 깔판에 앉아서 태수는 안면이 있는 동호회원이 건네주는 막걸리가 담긴 종이컵을 받아 벌컥벌컥 마셨고, 그 옆에서 박형준이 혜원에게 태수가 마라톤을 하게 된 계기에 대해서 자세히 설명했다.

그사이에도 몇 명의 취재진과 스포츠메이커 사람들이 접근하려는 것을 안동시청 마라톤 동호회원들이 원천봉쇄를 해버렸다.

그렇지만 아까 태수가 달릴 때 줄곧 옆에서 오토바이를 타고 녹화 촬영을 했던 MBC 스포츠기자는 천막 바깥쪽에서 빙빙 돌면서 태수를 촬영하느라 여념이 없다.

MBC 스포츠기자 차동혁은 누군가의 제보를 받고 이번 화성효마라톤에 취재를 나온 것이다.

오늘 같은 일요일에는 집에서 마누라 궁둥이 두드리면서 아이들하고 편안하게 쉬고 싶었으나 제보를 한 사람이 보통 사람이 아닌지라 마누라에게 욕을 바가지로 얻어먹으면서 외근을 나온 것이다.

방송국에서 카메라 한 대를 빌려서 자신이 직접 메고 정작 카메라 기사에겐 오토바이를 몰게 하고는 어기적거리면서 화성시까지 왔다.

만약 제보를 한 사람이 최고의 블루칩 이민영이 아니었다면 하늘이 두 쪽 나는 일이 있더라도 오늘 취재는 나오지 않았을 것이다.

사실상 이민영의 제보는 그냥 단순한 제보가 아니라 명령이나 다름이 없다.

그녀의 말 한마디면 차동혁 정도의 모가지는 마음대로 떼었다 붙였다 할 수 있다.

그래서 차동혁은 그냥 대충 찍으면서 막걸리나 몇 잔 얻어 마시다가 철수해야겠다고 생각했었는데 전혀 예상하지 못했던 대어를 건졌다.

기자적인 본능으로 봤을 때 이건 중박이다. 그리고 거기에 이민영이 개입되어 있다면 대박이고, 앞으로 한태수가 계속 기록 경신을 해나간다면 대대박이 될 것이다.

더구나 최상인 것은, 오늘 화성효마라톤에 카메라를 들고 취재 나온 사람은 차동혁뿐이라는 사실이다.

"그런 거였어?"

박형준의 설명을 다 듣고 난 혜원은 태수 옆에 앉아서 안쓰럽다는 듯이 그의 이마에 맺힌 땀을 닦아주었다.

어느새 은근슬쩍 천막 안으로 비집고 들어온 차동혁과 카메라맨은 태수의 일거수일투족을 놓치지 않고 찍었다.

그러면서 태수와 혜원의 다정한 모습이 수없이 찍힌 것은 당연한 일이다.

혜원은 태수가 새로운 가능성을 찾았다고 기뻐하는 것과는 달리 매우 걱정스러운 모습이다.

"이 힘든 걸 왜 해?"

"어… 워나 넌 반대하는 거야?"

"반대는 아니지만… 오빠가 죽을 둥 살 둥 애쓰면서 달리는 걸 보면 가슴이 아파."

태수는 껄껄 웃으며 혜원의 머리를 쓰다듬었다.

"하하하! 나 철인이라는 거 너도 잘 알잖아!"

차동혁이 슬쩍 끼어들었다.

"한태수 씨, 오늘 새로운 마스터즈 하프 기록 경신과 우승 축하드립니다."

태수는 차동혁이 아까 달릴 때 오토바이를 타고 촬영하던 구면이라서 벙긋 미소를 지었다.

"감사합니다. 그런데 지금 이건?"

"하하하! 생방송 아니고 녹화입니다."

차동혁은 느물느물하게 웃으며 힐끗 혜원을 가리켰다.

"실례지만 옆에 계신 분은 애인이십니까?"

"그렇습니다."

혜원은 얼굴이 새빨개져서 몰라! 몰라! 그러며 작은 주먹으로 태수의 어깨를 두드렸다.

"우와앗!"

그때 이제나저제나 기회를 노리고 있던 스포츠메이커 사람들이 천막 안을 기웃거리다가 한 덩이가 되어 앞으로 와르르 고꾸라졌다.

그들은 서로 먼저 일어나려고 버둥거리면서 태수에게 소리쳤다.

"한태수 씨! 아식스에서 나왔습니다! 우린 한태수 씨가 만족하실 만한 최상의 조건으로 스폰서가 되려고……."

"한태수 씨! 미즈노입니다! 저흰 무조건 타사보다 탁월한 조건을 제시하겠습니다!"

"프로스펙스 최민기입니다! 한태수 씨! 우리 구면 아닙니까?"

박형준과 동호회원들이 합세하여 그들을 천막 밖으로 몰아냈다.

혜원은 그들의 외침을 듣고 대충 사태가 어떻게 돌아가는지 짐작하고 커다란 눈을 동그랗게 뜨며 놀라워했다.

차동혁이 취재를 이어갔다.

"한태수 씨, 오늘 하프코스 중에 어느 구간이 제일 힘드셨습니까?"

"힘든 구간 같은 건 없었습니다."

차동혁은 한 대 맞은 표정을 짓다가 다시 물었다.

"오늘 최선을 다하신 겁니까?"

태수는 생각하지도 않고 간단하게 대답했다.

"그런 것 같지 않습니다."

"마라톤 풀코스에는 도전할 계획이 없습니까?"

태수는 힘 있게 고개를 끄떡였다.

"당연히 있습니다."

"그럼 언제 어느 대회에 출전할 계획입니까?"

"그전에 할 일이 있습니다."

"뭡니까?"

태수의 눈이 빛나고 저절로 주먹이 움켜쥐어졌다.

"5월 31일 포천38선하프마라톤에서 하프마라톤 국내기록을 깨는 것입니다."

차동혁이 아는 체를 했다.

"설마 이봉주 선수가 갖고 있는 1시간 1분 04초를 깨겠다는 뜻입니까?"

"그렇습니다."

태수는 혜원을 보고 나서 차동혁에게 싱긋 웃어 보였다.

"그때는 생방송으로 부탁합시다."

태수는 휴대폰을 꺼두었다.

화성효마라톤대회에서 하프코스 1시간 4분 58초의 기록으로 우승을 한 이후 스포츠메이커들이 그를 섭외하려고 빗발치듯이 전화하는 바람에 성가셔서 휴대폰을 꺼둔 것이다.

그들은 제각기 파격적인 조건을 제시하는 거라고 떠드는데 태수는 어떤 조건인지 들어보지도 않았다.

무조건 이민영의 말에 따르려는 것이 아니다. 일단 몸값을 최고로 올려놓아야 한다는 그녀의 말에 전적으로 동감하기 때문이다.

그러기 위해서는 포천38선하프마라톤이 승부처다. 거기에서 무조건 이봉주 선수의 23년 묵은 1시간 1분 04초의 기록을 깨야만 한다.

기록 경신에 성공하면 하루아침에 용 되는 거고 깨지 못하면 말짱 도루묵이다.

화성효마라톤대회가 끝나고 나서 혜원은 그곳에서 곧장 서울로 올라갔고, 태수는 박형준 일행, 즉 안동시청마라톤 동호회의 승합차를 얻어 타고 안동으로 돌아왔었다.

태수는 원룸에 들어서자마자 침대에 쓰러져서 잠이 들었다.

꿈을 꾸었는데 꿈속에서 태수는 요트를 타고 세계 일주를 하고 있었다.

요트 타고 세계 일주하는 것은 태수의 평생 목표라서 그런 꿈을 자주 꾸는데 언제나 여자가 함께 있었다.

그런데 열 번 요트 여행 꿈을 꾸면 혜원이 일곱 번을 차지하고 세 번은 다른 여자들이다.

모르는 여자들인데 외국의 늘씬하고 아름다운 여배우나 모델 같은 모습이다.

그런데 오늘 꿈에서 요트 여행에 동행을 한 여자는 뜻밖에도 야생마 이민영이다.

꿈속에서 두 사람은 부부이거나 연인처럼 다정했다. 그리고 밤이 되자 요트 안의 침실에서 폭풍처럼 뜨겁고 격렬한 사랑을 나누었다.

태수는 마치 현실처럼 생생하게 미친 듯이 이민영과 섹스를 했다.

이민영은 혜원하고는 전적으로 차원이 달랐다. 혜원은 부드럽고 야들야들한데 이민영의 몸은 검게 그을렸고 늘씬했으며 고무처럼 탄력적이었다. 별명 그대로 한 마리 야생마에 다름 아니었다.

성주참외마라톤 때 태수 앞에서 뛰어가던 이민영의 근육질의 늘씬한 다리와 탱탱한 엉덩이가 꿈속에서는 태수의 남성을 문어의 빨판처럼 세차게 빨아 당겼다.

그러다가 태수는 절정 직전에 눈을 떴다.

"……."

기분이 묘했다. 이민영과 요트 여행을 하고 또 섹스까지 하다니, 설마 내가 이민영을 좋아하고 있는 건가? 라는 생각마저 들었다.

페니스가 야구방망이처럼 딱딱하다. 만약 깨지 않았으면 꿈속에서 이민영의 질 속에 사정을 했을 것이다.

휴대폰을 켰다.

예상했던 대로 낯선 전화번호가 도배를 했다. 스포츠메이커일 것이다.

그런데 그중에 '야생마'라는 이름이 눈에 띄었다. 태수는 이민영을 '야생마'라고 저장했다. 그런데 이민영이 3번이나 전화를 했다.

우연의 일치인가? 태수가 꿈속에서 이민영과 섹스를 한 시간과 그녀가 전화를 한 시간이 일치했다.

이민영에게 전화를 했다.

노래가 흘러나왔다.

태수는 TV도 전혀 보지 않고 요즘 노래 같은 것은 관심도 없지만 휴대폰에서 흘러나오는 컬러링은 이따금 들어본 적이 있다.

그가 알바를 하는 호프집에서나 거리에서 자주 들었던 노랜데 아마 제목이 '내 남자'라는 곡일 것이다.

노래가 끊어지고 이민영의 통통 튀는 목소리가 들렸다.

—하이! 윈드 마스터!

"쑥스럽게 윈드 마스터는 무슨……."

—뭐하고 있었어요?

이민영의 물음에 태수는 찔끔했다. 뭐하고 있냐는 게 아니라 뭐하고 있었느냐고 물었기 때문이다. 꿈속에서 이민영과 섹스를 하고 있었다고 말할 수는 없다.

"알바 나갈 준비하고 있습니다."

악의 없는 거짓말로 둘러댔다.

—요즘도 알바 나가요?

"나가면 안 됩니까?"

—태평이네요, 태수 씨는?

"뭐가 말입니까?"

저쪽에서 흠! 하는 소리가 들리더니 잠시 침묵이 이어졌고 이후 이민영의 더욱 차분한 목소리가 전해졌다.

—태수 씨는 지금 동굴 속에서 백 일 동안 마늘과 쑥만 먹으

면서 지내는 곰이에요.

"네……."

—태수 씨 사람 되기 싫으세요?

"되고 싶습니다."

—이봉주 기록 못 깨면 죽도 밥도 안 돼요. 계속 곰으로 살아야 해요.

태수의 가슴속에서 뜨거운 게 불끈거렸다.

—내가 장담할게요. 태수 씨 이봉주 기록 깨면 태수 씨가 상상하는 거에 곱하기 백이에요.

"그… 정돕니까?"

태수는 자신이 이봉주 기록을 깨면 무슨 일이 벌어질 것이라고 구체적으로 상상을 해본 적이 없었다.

—곱하기 천이 될 수도 있어요.

이민영은 태수의 정신무장을 새롭게 시켜주고 있다.

"제가 어떻게 하면 됩니까?"

—내가 시키는 대로 할 수 있어요?

"하겠습니다."

—기다려요. 오늘 밤 안으로 태수 씨 훈련 스케줄을 메일로 보내줄게요.

태수는 U—TURN으로 마지막 알바를 나갔다.

석 달 동안 하루도 빠지지 않고 열심히 일한 태수가 그만두고 마라톤에 전념한다니까 사장은 섭섭해하면서도 응원을 해주었다.

"용 되라."

"감사합니다."

그날 밤에 태수는 평소보다 더 열심히 일했다.

사장이 단골들이 올 때마다 태수가 그만두고 마라톤에 전념하겠다는 말을 하니까 모두들 한마디씩 덕담을 해주었다. 좋은 사람들이다.

홀에 있는 대형 TV에서는 우연히도 MBC 8시 뉴스 스포츠가 나오고 있었다.

태수는 그것도 모르고 부지런히 생맥주잔과 안주를 날랐다.

"야아! 태수 나왔다!"

"옴마마! 저거 태수 아니냐?"

그때 홀 안에서 함성이 터졌다.

태수가 쳐다보니까 대형 TV에 태수가 화성효마라톤에서 선두로 달리고 있는 건강한 모습이 나왔고 스포츠기자의 멘트가 곁들여졌다.

그런데 비지땀을 흘리면서 달리던 태수가 생뚱맞게 카메라를 쳐다보면서 한마디 던지고 있다.

—헉헉헉… 이거 생방송입니까?

홀 안이 조용하더니 갑자기 와아! 하고 폭소가 터졌다.

단골 중에 한 명이 빈 생맥주잔을 들어 보이며 태수에게 웃으며 소리쳤다.

"야! 생방송맨! 여기 500cc 하나 더!"

"와하하하! 태수 너 앞으로 닉네임 생방송맨으로 해라!"

다시 한 번 폭소가 터졌다.

새벽 2시에 일을 마칠 때 사장이 태수에게 그날 시급하고는 별도로 흰 봉투 하나를 내밀었다.

"열심히 해라. 지켜보마."

봉투에는 20만 원이 들어 있었다.

원룸에 돌아와서 휴대폰을 확인해 보니 이민영이 보낸 훈련 스케줄 메일이 도착해 있었다.

그걸 읽다가 태수는 기가 질려 버렸다.

훈련량이 장난 아니다. 대충 계산해 보니까 하루에 평균 30㎞ 이상을 달리는데, 그것도 그냥 달리는 게 아니라 처음 보는 이름의 달리기 방법이 수두룩했다.

게다가 더운 낮에는 충분한 휴식을 취하고 밤에는 헬스클럽에서 몸을 만들어야 한다는 내용도 있다.

마라톤은 다리로만 달리는 게 아니니까 햄스트링, 즉 허벅지와 고관절, 허리, 가슴, 어깨 운동을 어떻게 어떤 식으로 해야 하는지 자세한 그림과 함께 방법이 빼곡하게 적혀 있었다.

그게 다가 아니다. 삼시세끼 뭘 먹어야 하는지 식단표까지 꼼꼼하게 정해주었다.

충분한 단백질과 적당량의 탄수화물, 나트륨 함량, 하루에 물과 스포츠 음료를 어느 정도 마셔야 하며 어떤 스포츠 음료를 마시라는 것까지 적혀 있다.

이 정도면 태릉선수촌 국가대표 육상선수들의 훈련량과 식단일 거라는 생각이 들었다.

그러나 태수는 질린다는 생각보다는 자길 위해서 이렇게까지 훈련 스케줄표를 만들어준 이민영에게 더할 수 없는 고마움을 느꼈다.

그래서 이민영에게 전화를 하지 않을 수 없었다.

컬러링 '내 남자'가 흘러나왔다.

호소력 짙은 허스키 보이스가 때론 감미롭고 때론 파워풀하게 저음과 고음을 자유자재로 넘나들었다.

태수는 문득 '내 남자'라는 노래를 부른 가수의 목소리가 샹송의 디바 파트리샤 까스나 포루투갈 파두의 여왕 아말리아 로드리게스의 목소리하고 많이 닮았다는 생각이 들었다.

그렇다면 태수도 '내 남자'를 부른 가수를 좋아할 수 있을 것 같았다.

─어이~ 생방송맨!

노래가 끊어지고 이민영의 발랄한 목소리가 흘러나왔다. 그녀도 스포츠뉴스를 봤는지 첫 마디가 '생방송맨'이다.

"놀리지 마십시오."

─왜요? 닉네임으로는 딱이에요. 아마 내가 아니더라도 앞으로는 태수 씨를 생방송맨으로 부르는 사람이 많을걸요?

"그보다……."

─할 말 있어요?

"메일 봤습니다. 고맙습니다, 민영 씨."

─하하하! 그 정도야 뭐…….

"그런데 민영 씨는 왜 저한테 이렇게 잘해주는 겁니까?"

─궁금해요?

"궁금합니다."

─무조건 이봉주 기록 깨요. 그럼 내가 왜 태수 씨에게 목을 매고 있는지 자연히 알게 될 거예요.

"저한테 목을… 매고 있습니까?"

─왜 아니겠어요?

"제가 기록을 깨면 민영 씨는 차를 뺏길 텐데 그러면 손해 아닙니까?"

─하나는 왜 빼요?

"뭐 말입니까?"

─누나 찌찌도 먹게 해준댔잖아요. 아하하하하!

휴대폰에 이민영이 입을 크게 벌리고 씩씩하게 웃는 모습이
화면으로 뜨는 것 같았다.

야생마 이민영이 하는 말은 도대체 어디까지 진담이고 어디
까지 농담인지 모르겠다.

다음 날 새벽부터 태수는 이민영이 정해준 훈련표대로 훈련
에 돌입했다.

마라톤대회 우승 상금 받은 것으로 헬스클럽에 등록했으며,
중고로 중형 냉장고를 샀고, 마트에서 이민영이 적어준 대로 요
리 재료와 스포츠 음료들을 사서 냉장고에 채워 넣었다.

제5장
대형 사고

태수는 5월 31일에 열리는 포천38선하프마라톤대회 전 5월 17일에 제천의림지마라톤대회에 출전했다.

그 대회에서 태수는 배번호 4362번을 받았다.

화성효마라톤에서 마스터즈 하프코스 국내 최고기록을 경신한 태수지만 제천의림지마라톤대회에 참가 신청을 할 당시에는 완전 초짜였기 때문이다.

태수는 이민영이 짜준 훈련 스케줄표대로 하루도 빠짐없이 열심히 훈련을 했기 때문에 제천의림지마라톤대회에서는 최고의 컨디션을 발휘했다.

폴코스가 있는 대회가 큰 대회라고 할 수 있는데, 제천의림지마라톤대회는 하프코스가 최장 코스인 소규모 지방대회다.

안동에서 1시간 남짓이면 갈 수 있는 거리에 하프코스 1위 상금이 30만 원이라서 참가 신청을 했었다.

이 대회에는 태수가 아는 사람이 아무도 참가하지 않았다. 마라톤으로 아는 사람이라고 해봐야 이민영과 박형준 두 사람이 전부지만, 그들은 이런 소규모 대회에는 참가하지 않는 것 같았다.

그런데 두 부류의 사람들이 태수가 이 대회에 참가한다는 사실을 귀신같이 알고서 찾아왔다.

MBC 스포츠기자 차동혁과 스포츠메이커 섭외 담당 사람들이다.

제천의림지마라톤대회 하프코스에서는 아무도 태수의 적수가 되지 못했다.

완전히 태수의 독무대였으며 그는 자신과의 고독한 기록과의 싸움을 펼쳤다.

결론적으로 말하자면 태수는 제천의림지마라톤대회 하프코스에서 자신의 종전 기록을 또다시 경신했다.

1시간 3분 42초다.

화성효마라톤대회 하프 기록 1시간 4분 58초를 1분 16초 앞당겼다.

제천의림지마라톤대회 주최 측은 태수의 마스터즈 하프 기록 경신으로 한껏 들떠 올라 그야말로 축제분위기로 변했다.

사회자는 목이 쉬도록 악을 쓰면서 연신 축하멘트를 날리며 분위기를 고조시켰다.

그리고 제천시장을 비롯한 시의원 같은 높은 분들이 앞다투어 태수에게 찾아와서 축하 인사를 건넸다.

지방 매체들이 태수를 인터뷰하고 사진을 찍느라 한바탕 난리법석을 떨었기 때문에 거기에 제천시장과 시의원들이 얼굴을 내비치려는 의도인 것이다.

특히 지상파 방송사인 MBC에서 취재를 나왔다는 사실 때문에 높은 분들은 차동혁이 태수를 취재할 때 어떻게 해서든지 카메라에 얼굴을 비추려고 전전긍긍했다.

하지만 정작 당사자인 태수는 제천의림지마라톤대회에서의 기록에 만족하지 못했다.

태수는 이 대회를 포천38선하프마라톤대회의 전초전으로 여기고 전력을 다했는데 겨우 1분 16초 기록을 경신하는 데 그쳤기 때문이다.

이런 식이라면 앞으로 보름도 남지 않은 포천38선하프마라톤대회에서 이봉주의 1시간 1분 04초의 기록을 깨는 것은 가망이 없을 것 같았다.

옷을 다 갈아입은 태수가 백팩을 메고 대회장을 빠져나갈 때 열 명 정도의 사람이 그를 따라붙었다.

그들 중에는 화성효마라톤대회에서도 봤었던 프로스펙스 최민기 대리를 비롯하여 아식스, 미즈노 사람들의 얼굴이 보였으나 낯선 얼굴이 더 많았다.

그러나 그들이 누군지는 곧 밝혀졌다. 낯선 사람 3명이 태수 양쪽으로 들러붙듯이 나란히 걸으면서 서로 다투듯이 명함을 내밀었다.

"나이키 김청호 대리입니다."

"전 아디다스 나형석입니다."

"휠라코리아에서 왔습니다. 한태수 씨, 잠깐 얘기 좀 합시다."

태수는 팔이나 옷자락을 잡으면서 달라붙는 그들이 귀찮아서 걸음을 빨리했으나 곧 걸음을 멈출 수밖에 없는 일이 벌어졌다.

"나이키에서는 기본적으로 계약금 1억에 연봉 3천만 원, 한 번 기록 경신 때마다 2천만 원을 지급하고, 훈련이나 대회에 필요한 모든 물품을 지원하겠습니다."

나이키 김청호 대리라는 사람이 느닷없이 태수의 앞을 가로막으면서 빠른 어조로 그렇게 말했기 때문이다.

계약금 1억에 연봉 3천, 기록 경신 때마다 2천.

태수로서는 상상해 본 적 없는 엄청난 조건이다.

태수가 약간 놀란 표정으로 서 있을 때 아디다스 나형석이

치고 들어왔다.

"한태수 씨! 저희 아디다스에서는 무조건 나이키의 2배를 제시하겠습니다! 그리고 옵션 몇 가지를 더 제공하겠습니다!"

휠라코리아가 그 틈을 놓치지 않았다.

"한태수 씨! 휠라코리아에서는 아디다스와 동일한 조건에 덧붙여서 1년 CF 계약을 내놓겠습니다! 잘 생각해 보십시오! 이건 파격적인 조건입니다!"

태수는 머리가 멍했다. 이 사람들 도대체 나의 뭘 보고 이러는 건가, 원래 마라톤 선수들에게 이런 식으로 들이대는 것인가 하는 생각이 들었다.

그나저나 이들이 쏟아내는 조건이라는 것이 굉장했다.

태수는 자기가 세운 기록으로 인해서 자신의 앞날에 어떤 일이 벌어질지 막연했었는데 지금 이 순간에 그 뚜껑을 열고 안을 살짝 엿본 것 같은 기분이 들었다.

빵빵—

그때 태수 앞에서 떠들어대는 스포츠메이커 사람들 너머에 차 한 대가 멈추더니 클랙슨을 울렸다.

'……!'

낯익은 검은 색 BMW X6M를 보는 순간 태수의 표정이 밝아졌다.

짙은 썬팅 때문에 차 안이 보이지 않지만 운전석에 이민영이 앉아 있을 것이라고 확신했다.

"실례합니다!"

태수는 갑자기 사람들을 헤치며 차를 향해 뛰었다.

나이키와 아디다스, 휠라코리아 사람들이 태수의 느닷없는 행동에 놀라서 비틀거렸다.

"어어……."

"왓!"

태수가 BMW X6M 조수석에 가까이 다가가자 자동문처럼 조수석 문이 열렸다.

척—

태수는 다이빙하듯이 조수석 안으로 빨려 들어가자마자 문을 닫았다.

"하이! 생방송맨."

쪽—

태수가 어정쩡한 자세로 운전석을 향해 상체를 굽히고 있을 때 이민영의 명랑한 목소리가 들리며 촉촉한 그녀의 입술이 태수의 이마에 살짝 부딪쳤다.

"민영 씨……."

태수는 고개를 들다가 뚝 멈췄다.

이민영이 태수 이마에 입맞춤을 하느라 입술을 오므려서 내밀고 있는데 그가 고개를 드는 바람에 두 사람의 입술이 정확하게 포개진 것이다.

이민영의 입술은 부드럽고 촉촉했다.

옅은 선글라스 너머의 그녀의 크고 아름다운 눈이 놀라움으로 동그랗게 커진 게 보였다.

보통 이런 상황이 벌어지면 화들짝 놀라서 남자의 뺨을 때리든지 호들갑을 떨게 마련인데 두 사람은 화석이 돼버린 것처럼 꼼짝도 하지 않았다.

정확하게 시간을 쟀다면 2초 정도 그 상태로 있었지만 태수에겐 시간이 정지해 버린 것 같은 느낌이었다.

그때 두 사람은 앞창 바깥에서 플래시가 번쩍하는 바람에 반사적으로 그쪽을 쳐다보느라 입술이 떼어졌다.

앞창 밖에는 MBC 차동혁이 카메라를 눈에 대고 연신 두 사람을 향해 플래시를 터뜨리고 있는 중이다.

스으으……

이민영은 전혀 당황하지 않고 운전석 쪽 창문을 열더니 유난히 길고 예쁜 손을 창밖으로 꺼내 차동혁을 향해 중지손가락을 까딱거렸다.

약간 겁먹은 얼굴로 주춤거리면서 다가오는 차동혁을 보면서 태수는 맹수 앞에 놓인 먹잇감이 아마도 저런 모습일 거라는 생각이 문득 들었다.

운전석 창밖으로 다가온 차동혁은 이민영이 말없이 손바닥을 펼쳐 보이자 카메라에서 칩을 뽑아 그녀의 손바닥 위에 얌전히 내려놓았다.

이민영은 칩을 계기판 쪽에 올려놓고 창문을 닫았다.

스으으…….

창문이 올라가고 있을 때 태수는 창밖에 서 있는 차동혁과 아주 짧은 순간 눈이 마주쳤다.

태수가 차동혁의 눈에서 읽은 것은 두려움과 부러움, 질투 같은 것들이었다.

"태수 씨, 나 보고 싶었어요?"

이민영은 운전을 하면서 태수 쪽을 보고 해맑게 미소 지으며 짤랑짤랑한 목소리로 크게 말했다.

조금 전에 차동혁을 대할 때의 이민영의 위압적이고 싸늘한 모습은 태수가 익히 알고 있는 이민영이 아니어서 매우 낯설었었다.

그렇지만 이민영은 언제 그랬냐는 듯이 예전에 태수가 알던 밝고 명랑한 모습으로 돌아왔다.

"보고 싶었습니다."

"얼마만큼?"

"무지 많이 보고 싶었습니다."

"하하하하하! 누나도 우리 태수 보고 싶었어!"

이민영은 손바닥으로 핸들을 두드리며 호탕하게 웃었다.

태수는 이민영의 이런 모습을 좋아한다.

태수는 흥분을 감추지 못했다.

차가 고속도로에 올라서기 전에 태수가 이민영하고 자리를 바꿔 운전석에 앉았기 때문이다.

이번이 두 번째지만 BMW X6M을 타면 이민영은 의례히 태수가 운전을 하도록 해준다.

"밟아요."

이민영은 좌석을 뒤로 물려서 한껏 젖히고 늘씬한 다리를 포개서 대시보드에 얹으며 명령하듯 말했다.

이제 보니까 오늘 이민영은 아주 짧은 미니스커트를 입었다. 맨살을 드러낸 곧게 뻗은 두 다리가 늘씬하면서도 건강미가 넘쳤다.

과르르르—

태수가 엑셀레이터를 깊숙이 밟자 X6M은 예의 난폭한 포효를 토해내면서 총알처럼 튀어 나갔다.

그고오오—

X6M의 정속 주행은 최소한 시속 150㎞를 유지해야 한다. 살살 달리는 것은 X6M에 대한 모독이다.

"태수 씨, 훈련 잘되고 있어요?"

이민영이 팔짱을 끼고 눈을 감은 상태에서 물었다.

"훈련 스케줄표대로 열심히 하고 있습니다."

"그것 이상으로 해야 돼요."

"알고 있습니다. 그런데 잘 안 되고 있습니다."

"뭐가 문제죠?"

이민영이 눈을 뜨고 태수를 쳐다보았다.

"모르는 용어가 너무 많아서 어떻게 하는 건지 잘 모르겠습니다."

"예를 들면?"

"지속주라든가 인터벌, 야소 800, 최대산소섭취량 같은 말들이 생소합니다."

"알았어요. 안동에 도착하면 내가 가르쳐 줄게요."

잠시 침묵이 흐른 후에 이민영이 팔짱을 끼고 눈을 감은 상태에서 중얼거리듯이 말했다.

"태수 씨 꿈이 뭐죠?"

태수는 두 손으로 핸들을 꼭 잡은 채 대답했다.

"예쁜 아내하고 근사한 요트를 타고 세계 일주하는 겁니다."

"태수 씨 결혼했어요?"

"아직 싱글입니다."

"그럼 애인은 있나요?"

이민영은 태수에게 애인이 있다는 사실을 이미 알고 있으면서도 짐짓 모른 체하고 물어보았다.

지난번에 MBC 스포츠기자 차동혁이 화성효마라톤에서 태수를 인터뷰했을 때 태수 옆에 있는 예쁘장하게 생긴 여자를 본 적이 있고 태수가 그녀를 자신의 애인이라고 당당하게 말하는 것도 들었다.

그 방송이 나갈 때 태수는 U—TURN에서 홀서빙을 하느라고 제대로 보지 못했었다.

태수가 달리면서 차동혁에게 "이거 생방송입니까?" 하고 물었던 장면 다음에 시상식 장면이 나갔고, 마지막에 안동시청마라톤 동호회 천막 안에서의 인터뷰 장면이 짧게 나갔는데 태수는 그걸 보지 못했다.

"있습니다."

"TV에 나왔던 그녀인가요?"

태수는 깜짝 놀랐다.

"워나가 TV에 나왔습니까?"

"못 봤어요? 생방송맨 다음에 나왔었는데?"

"그랬습니까?"

태수의 얼굴이 갑자기 어두워졌다. 그게 지상파인 MBC로 전국에 나갔으면 고향 영양 사람들도 봤을 것이다.

혜원네 집에서 그 당시에 보지 못했더라도 그 사실이 그녀의 부모님 귀에 들어가는 것은 시간문제다.

"이름이 뭐냐예요?"

이민영이 물었으나 태수는 어두운 표정으로 걱정을 하느라 듣지 못했다.

이민영은 그의 얼굴이 우울한 걸 보고는 시트를 세우고 의아한 표정으로 물었다.

"왜 그래요? 두 사람 사이가 알려지면 곤란한 일이라도 있나요?"

"그게……."

태수가 착잡한 표정을 짓자 이민영이 대시보드에서 발을 내리고 진지한 표정을 지었다.

"고민 있으면 나한테 말해봐요. 백지장도 맞들면 낫다고 하잖아요."

태수는 X6M의 속도를 시속 100㎞로 낮추고 자신과 혜원의 관계에 대해서 이민영에게 다 설명했다. 그런 얘기를 남에게 하는 것은 생전 처음이다.

이민영은 팔짱을 끼고 가끔 고개를 끄떡이면서 진지하게 다 듣고 나서는 대수롭지 않다는 듯이 말했다.

"나는 태수 씨에게 듣기 전에는 우리나라에 영양군이라는 곳이 있다는 사실도 몰랐어요."

"그런가요?"

태수의 씁쓸한 표정은 이민영의 다음 말 때문에 사라졌다.

"영양 남씨 종가집이 경북 영양군에서는 대단할지 몰라도 대한민국 전체, 그리고 글로벌적으로 봤을 때는 아무것도 아닌 존재예요."

"무… 슨 뜻입니까?"

이민영은 빙그레 미소를 지었다.

"21세기의 대한민국과 세계는 뭐든지 하나만 똑 부러지게 잘하면 그걸로 성공할 수 있어요."

태수는 핸들을 꼭 잡고 이민영의 말에 귀를 기울였다.

"태수 씨가 마라톤으로 대한민국을 평정하고 더 나아가서 전세계를 제패하면 혜원 씨 문제는 자연히 해결될 거라는 뜻이에요."

"그럴까요?"

태수는 완고하기 짝이 없는 혜원의 부친 얼굴을 떠올렸다.

이민영은 손을 뻗어 태수의 어깨를 탁탁 두드렸다.

"두고 봐요. 내가 태수 씨를 그렇게 만들 거예요. 대한민국 최고, 세계최고의 남자가 되면 전 영양군수의 딸 정도는 그냥 우스운 존재가 될 거예요."

이민영은 복합적인 의미로 그렇게 말했으나 태수는 정직하게 받아들이고 자신감 넘치는 표정을 지었다.

"잘 알겠습니다. 꼭 성공해서 워나 부모님께 허락을 받아내겠습니다."

이민영은 장난스럽게 태수의 궁둥이를 두드렸다.

"우쭈쭈쭈… 그러니까 누나 말 잘 들어야 한다, 우리 태수?"

태수는 이민영을 힐끗 보며 캐듯이 물었다.

"그런데 민영 씨 몇 살입니까?"

이민영은 뜨끔하는 표정을 지었다.

"뭘 그런 걸 물어요?"

"몇 살이냐고요."

"운전이나 잘해요."

이민영은 얼렁뚱땅 넘어가려고 했다.

"민증 깝시다."

태수가 집요하게 물고 늘어지자 이민영은 발칵 화를 냈다.

"스물다섯. 태수 씨랑 동갑이에요. 이제 됐어요?"

"확실합니까? 책임질 수 있죠?"

"스물넷… 이에요."

태수는 이민영의 표정이 의심스러웠다.

"민증 까야겠구만?"

태수가 속도를 줄이면서 차를 갓길로 몰자 이민영은 깜짝 놀랐다.

"스… 스물둘이에요."

"스물둘? 워나보다도 한 살 어리잖아?"

태수는 어이없는 표정을 지으며 이민영을 힐끗 쳐다봤다.

이민영은 속상하다는 듯 팔짱을 끼고 입술을 뾰족하게 내민 채 앵돌아진 모습으로 정면을 쏘아보고 있다.

태수는 그 모습이 하도 귀여워서 웃음이 나오려는 걸 참고 손을 뻗어 그녀의 머리를 쓰다듬었다.

"민영아, 앞으로 오빠라고 불러라, 응?"

"흥! 오빠는 무슨 얼어 죽을… 흥!"

태수는 여태까지 자기가 이민영에게 깜빡 속고 공손했던 걸 생각하면 생각할수록 어이가 없었다.

"쪼끄만 게 겉늙어 가지고… 오빠라고 못 불러?"

이민영은 아예 고개를 돌려 버렸다.

"죽으면 죽었지 못해."

태수는 이민영의 지시대로 차를 안동시립운동장으로 몰았다.

차를 운동장 밖 주차장에 대고 나서 이민영이 말했다.

"오늘은 인터벌과 야소 800에 대해서 가르쳐 줄게. 어서 옷 갈아입어."

"여기서 갈아입으라는 거야?"

이민영의 나이가 밝혀지고 나서 둘이 티격태격하다가 결국 합의를 봤다.

이민영이 태수에게 '오빠'라고 부르는 대신 말을 놓기로 했다.

절대로 손해 보는 짓은 하지 않는 이민영이다.

"그럼 옷 갈아입을 데 어딘지 오빠가 알아?"

"나 여기 처음 와봐."

"그러니까 별수 없잖아."

이민영, 아니, 민영은 차 밖으로 나가지 않고 운전석과 조수석 사이를 통해서 몸을 잔뜩 구부린 채 뒷자리로 넘어갔다.

툭!

그녀는 태수의 백팩을 던져 주고 나서 뒷자리에 있는 가방을 열었다.

"뒤돌아보면 사형이다."

"쪼그만 거 뭐 볼 거 있다고."

"자꾸 쪼그맣다고 그럴래? 이래뵈도 나 글래머라는 거 대한민국 사람들 다 알고 있거든?"

"글래머 다 됐겠다더라."

콩!

"아휴~ 말이나 못하면……."

민영이 꿀밤을 때리는 바람에 뒤돌아보던 태수는 그녀가 미니스커트를 훌러덩 벗자 어마뜨거라 놀라서 급히 앞을 쳐다보고 그도 옷을 갈아입기 시작했다.

하지만 그 짧은 순간에 민영이 팬티 입은 모습을 봤기에 얼굴이 화끈거렸다.

"오빠, 이 기회에 식스팩도 좀 만들어."

"식스팩은 왜?"

"앞으로 필요하게 될 거야."

"잘 뛰면 되지 식스팩은 뭣 때문에……."

태수는 무의식중에 뒤돌아보다가 민영이 벗은 브라우스를 내려놓고 반팔 티를 집어 드는 모습을 보고 말았다.

당장에라도 조그만 브래지어를 터뜨리고 튀어나올 것 같은 풍만한 유방을 아주 잠깐 보고 헤벌레 하는 순간 눈에서 불똥이 튀었다.

"보지 말랬지?"

짜악!

"왁!"

민영이 태수의 귓방망이를 후려쳤다.

민영은 일요일 오후 내내 안동시립운동장에서 태수에게 인터벌과 야소 800에 대해서 자세히 가르쳐 주었다.

뿐만 아니라 태수와 나란히 트랙을 달리면서 직접 시범을 보여주었다.

그날 민영은 태수의 마라톤 인생에서 금과옥조가 될 아주 중요한 말을 해주었다.

"마라톤의 모든 방법은 오로지 한 가지를 위해서 존재하고 있어. 바로 자신만의 가장 편안하고 완벽한 달리기 주법을 만들기 위해서야. 명심해. 편안하게 달려야지만 좋은 기록이 나오는 거야."

그리고 차에 올라 출발하기 전에 한마디 덧붙였다.

"그것보다 더 중요한 것은 부상당하지 않는 거야. 아무리 뼈 빠지게 노력을 했다고 해도 부상당하면 그걸로 끝이야."

5월 22일 금요일.

원래 이날은 혜원이 태수에게 가기로 약속한 날이다.

혜원은 태수와 약속했던 약속 시간 저녁 8시보다 한 시간 이른 저녁 7시에 안동터미널에 도착하여 옥동 태수네 원룸으로 갔다가 잠시 후에 나와서 택시를 타고 다시 안동터미널로 갔다.

혜원이 안동터미널로 돌아와서 자판기 커피를 한 잔 마시고 조금 서성거리다가 택시 승강장 쪽으로 나가서 얼마 있지 않아 저쪽에서 낯익은 구형 에쿠스가 달려와 그녀 앞에 멈추었다.

에쿠스는 비상등을 켠 채 택시들이 길게 늘어선 옆에서 꼼짝도 하지 않았다.

그걸 본 혜원의 표정이 어두워졌다.

작은오빠였으면 차가 멈추자마자 문을 열고 달려와서 반갑게 혜원을 맞이했을 텐데, 차에서 내리지도 않는 걸 보면 엄한 큰오빠가 분명하다.

원피스에 핸드백 하나만 메고 있는 혜원은 에쿠스로 다가가 조수석에 탔다.

운전석 시트에 깊숙이 몸을 묻은 채 굳은 얼굴로 정면을 쏘아보고 있는 사람은 혜원의 예상대로 약간 퉁퉁한 체구의 큰오빠 중권이다.

혜원은 큰오빠의 돌덩이처럼 굳어 있는 표정을 보고 사태의 심각성을 조금쯤 느낄 수 있었다.

철들기 전부터 오늘날까지 혜원에게 큰오빠 중권은 아버지보다 더 두려운 존재로 군림해 왔었다.

영양 남씨 종가집의 장남이며 영양군청 총무계장인 큰오빠는 전형적인 가부장적이고 권위적인 사내다.

딸깍—

"후우……."

중권은 운전석 창을 열더니 담배를 꺼내 입에 물고 라이터 불을 켜고 몇 모금 빨고는 고개를 돌려 창밖으로 담배 연기를 길게 내뿜었다.

혜원은 큰오빠를 감히 쳐다보지도 못하고 안전벨트를 매고 나서 두 손을 무릎에 얹고는 앞만 바라보았다.

원래 혜원은 오늘 태수에게 가기로 했었는데 어젯밤에 느닷없이 아버지의 전화를 받았었다.

"당장 집으로 와라."

혜원은 조마조마했던 상상이 현실이 되었다는 것을 깨닫고 하늘이 무너지는 절망을 느꼈다.

태수와 혜원이 화성효마라톤대회에서 인터뷰한 방송을 집에서 본 것이 분명하다.

아니, 보지 못했더라도 영양 사람들에게 그 사실에 대해서 수없이 제보를 받았을 것이다.

큰오빠가 몇 모금 빨던 담배를 창밖으로 휙 버리더니 그 자리에서 거칠게 유턴을 했다.

끼아악—

맞은편에서 오던 차가 놀라서 하이빔을 번쩍이며 클랙슨을 눌렀으나 큰오빠는 개의치 않고 속도를 높였다.

큰오빠는 혜원을 한 번도 쳐다보지 않고 침묵을 지키다가 갑자기 씹어뱉듯이 중얼거렸다.

"그런 형편없는 새끼랑……."

혜원은 큰오빠가 태수를 욕하자 반사적으로 싸늘하게 그를 쏘아보았다.

그러자 큰오빠가 혜원의 시선과 표정을 힐끗 보고는 주먹을 치켜들었다.

확!

"이년이 죽으려고 어디서!"

"악!"

혜원은 비명을 지르면서 고개를 푹 숙였다.

큰오빠는 혜원을 때리지 않고 윽박지르기만 했지만 혜원으로서는 맞는 것보다 더 공포스러웠다.

헬스클럽에 갔던 태수는 혜원이 올 시간에 맞춰서 서둘러 원룸으로 돌아왔다.

태수는 혜원을 마중하러 터미널에 갈 생각이다. 지난번에 한번 그랬더니 혜원이 감격하여 어쩔 줄 모르던 모습이 기억에서 사라지지 않았다.

지금까지는 열등감 때문에 자신의 마음을 표현하는 데 인색했었지만 이제는 아니다.

그가 얼마나 혜원을 사랑하고 있는지 조금도 감추지 않고 속속들이 다 까발려서 보여줄 생각이다.

그리고 혜원을 마중하거나 배웅하는 것은 물론이고 그보다 더한 일도 할 수 있다. 혜원이 기뻐하는 일이라면 뭐든지 다 할 각오다.

지난번에 태수가 혜원을 마중 나갔던 일이나 또 고기를 먹으면서 태수가 허풍 비슷한 자신감에 넘친 모습을 보고서 혜원이 얼마나 기뻐했었는가.

그렇게도 작은 일에 감동하는 착하고 여린 혜원이다.

헬스 가방만 내려놓고 나가려던 태수는 침대에 놓여 있는 쇼핑백 하나를 발견하고 반사적으로 혜원이 사 온 것이라고 생각했다.

"워나."

그는 혜원을 부르면서 화장실을 열어보았다. 그녀가 먼저 왔다가 급한 볼일을 보고 있는 것이라고 짐작했다.

그렇지만 화장실은 텅 비어 있었다. 그러고 보니까 원룸 안에는 낯익은 혜원의 향기가 아련하게 떠돌고 있었다.

의아한 마음으로 쇼핑백을 열어보았다.

뜻밖에도 마라톤 용품이 한가득 들어 있었다.

최고급 아식스 것으로 까만색 팬츠와 붉은색 싱글렛.

박형준이 끼고 있는 것을 보고 조금 부러워했던 무지갯빛 고글도 있는데 이것 역시 최고급 오클리 브랜드다.

그뿐이 아니다. 짧고 예쁜 마라톤 양말, 얇고 형광색의 네파 마라톤 장갑, 최고급의 마라톤용 시계, 그리고 마라톤 런닝화까지 풀세트다.

싱글렛 가슴에는 태수의 닉네임 'Wind Master'라는 영문이 세 가지 색으로 더 이상 멋있을 수 없을 만큼 근사하게 수놓아져 있었다.

더구나 런닝화는 한눈에도 매우 비싸 보였다. 태수는 런닝화를 살 생각에 인터넷 쇼핑몰에서 검색을 해본 적이 있다.

그런데 마음에 드는 것은 20만 원을 호가하고 웬만한 것은 죄다 15만 원 이상이라 살 엄두가 나지 않았었다.

더구나 스포츠 고글이 얼마나 하는지 검색해 본 적도 있었는데, 혜원이 산 오클리 이런 종류는 최하 30만 원 이상이었다.

마라톤 용품 풀세트라니, 혜원이 적금이라도 깼나 보다.

혹시 혜원이 태수가 오기 전에 이마트라도 간 것이 아닐까 싶어서 휴대폰을 집어 들었다.

그런데 휴대폰에는 혜원의 카톡이 하나 와 있었다.

ㅡ태수 오빠, 나 영양 집에 가고 있어. 걱정하지 말고 있어. 사랑해. 너무너무…….

쿵!

태수의 심장이 내려앉았다.

걱정하던 일이 마침내 터졌다. 오늘 혜원이 태수에게 오기로 한 약속을 깨고 집에 간다면 왜 그런 건지 더 이상 생각해 보나 마나다.

"워나……."

영양 남씨 종가집이 어떤 집안인데…….

집에 불려가서 치도곤을 당할 혜원을 생각하니까 태수는 눈앞이 캄캄해졌다.

이 모든 게 태수가 저지른 일이다.

고3 때 겨우 고1짜리 어린 혜원을 꼬여서 비 오는 날 폐허가 된 양주장으로 데리고 들어가 반강제로 첫 경험을 했었던 일이나, 이후 틈만 나면 아무도 없는 집이나 산으로 들로 끌고 다니면서 셀 수도 없을 만큼 관계를 맺은 일.

지금 여기까지 오는 동안 혜원은 아무 말 없이 묵묵히 태수만 바라보고 따라와 주었다.

혜원의 죄라면 그게 전부다.

모든 죄는 태수가 저질렀다. 그런데 이제 와서 벌은 혜원이 받아야만 할 처지에 놓였다.

태수는 급히 혜원에게 전화를 걸었다.

신호는 가는데 받지 않는다.

"워나, 제발……."

간절한 목소리가 입에서 저절로 나왔다.

다시 걸었다. 계속 받지 않는다. 세 번째에 드디어 저쪽에서 전화를 받았다.

"워나!"

—태수 너 이 개새끼! 지금 너 어디 있냐? 내 손에 잡히면 모가지를 비틀어 죽인다! 이 쌍놈의 새끼!

—큰오빠! 태수 오빠 욕하지 마요!

갑자기 남자의 쌍욕이 쏟아져 나왔다.

목소리는 혜원의 큰오빠 남중권이다.

그리고 옆에서 혜원의 앙칼진 외침이 들렸다. 그녀가 태수를 두둔하고 있다.

―넌 아가리 닥치고 있어!

퍽!

―악!

때리는 듯한 소리와 혜원의 찢어지는 비명 소리에 태수는 이성을 잃고 미친 듯이 소리쳤다.

"큰형님! 혜원이 때리지 마십시오!"

전화가 끊어졌다.

태수는 멍한 얼굴로 벽을 바라보고 서 있었다.

지금 이 순간 혜원을 위해서 아무것도 해줄 수 없는 자신이 너무도 비참해서 그냥 눈물만 줄줄 흘러내렸다.

쿵쿵쿵!

주먹이 깨지고 피가 나는지도 모르고 벽을 두드렸다.

혜원이 불쌍해서 미칠 것 같고 사무치도록 보고 싶었다.

30분 후. 태수는 혜원이 사 온 마라톤 용품을 다 착용하고 낙동강변에 나왔다.

혜원이 사준 팬츠와 싱글렛을 입었고, 마라톤 양말과 런닝화를 신었으며, 최고급 시계를 차고, 장갑을 끼고, 밤에는 필요 없는 고글까지 썼다.

다다다다다—

그는 어금니를 악물고 실성한 것처럼 강변을 달렸다.

자꾸만 가슴속에서 울분이 치밀어 터질 것만 같다.

앞에서 불어오는 맞바람을 맞으면서 전력으로 달리다가 태수
는 피를 토하는 것처럼 울부짖었다.

"워나—! 사랑한다—!"

*   *   *

포천38선하프마라톤 3일 전에 민영에게서 전화가 왔다.

—이제부터 많이 달리지 말고 LSD하면서 테이퍼링해.

"알았다."

—테이퍼링이 뭔지 알고 알았다는 거야?

"마온(마라톤온라인)에서 찾아보면 되겠지."

태수는 요즘 마라톤에 대한 지식을 인터넷 사이트 마라톤온
라인에서 보충하고 있다.

—어…….

민영은 한동안 말이 없다가 뜨악하게 말했다.

—오빠 화났어? 오늘 뭔가 이상한데? 내가 오빠한테 뭐 잘못
한 거야?

민영이 민감해서가 아니라 태수의 목소리는 누가 들어도 무

슨 일이 있는 사람이 분명했다.

태수는 혜원이 영양집으로 끌려간 이후 줄곧 우울해 있다.

그때 혜원은 부친과 큰오빠에게 금, 토, 일요일 사흘 동안 절대로 태수하고 만나지도 전화 통화도 하지 말라는 협박, 닦달을 받고 나서 겨우 풀려나 서울로 올라갔었다.

혜원은 큰오빠 중권에 의해 영양에서 동서울터미널까지 직행하는 버스에 태워져서 올라가는 도중 고속도로 휴게소 화장실에서 흐느껴 울면서 태수에게 전화를 했었다.

혜원의 말에 의하면, 앞으로 혜원이 태수를 한 번이라도 만날 경우 그것으로 그녀의 서울 생활을 청산시키고 영양집으로 강제로 끌고 내려간다는 것이었다.

그리고 혜원을 감시하기 위해서 막내 고모가 같은 버스를 타고 서울로 올라갔다.

그래서 혜원이 고속도로 휴게소 화장실에서 몰래 태수에게 전화를 했던 것이다.

막내 고모 남수현은 32세 미혼으로 미국 아이비리그 유학파인데 한곳에 오래 붙어 있지 못하고 세계를 떠돌면서 여행하는 것이 취미인 자유로운 영혼의 소유자다.

그날 이후 태수는 혜원을 한 번도 만나지 못했다. 혜원은 회사인 여의도 신명증권에 출근해서야 하루에 서너 번 태수에게 전화를 할 수 있었다.

태수와 혜원은 병에 걸렸다. 서로 애타게 보고 싶어 하는 그리움이라는 병 중증이다.

그 영향으로 태수는 내내 우울했다.

"화는 무슨⋯ 아니다."

—오빠 무슨 일 있어?

태수는 괜히 민영에게 옹졸하게 화풀이하는 것 같아서 조금 부드럽게 말했다.

"별일 아니다. 미안하다, 민영아."

활달한 성격의 민영은 금세 밝아졌다.

—미안할 거까진 없고, 테이퍼링이나 잘해.

"그래."

—명심해. 기회는 이번 한 번뿐이야, 오빠.

"알고 있다."

—참! 오빠 발 270이지?

민영이 화제를 바꿨다.

"그걸 어떻게 알았냐?"

—헤헤! 내가 태수 오빠에 대해서 모르는 게 있나?

민영은 갑자기 엄마 같은 목소리를 냈다.

—준비물 단단히 챙기고, 오늘부터 떡이랑 빵, 찹쌀밥 든든하게 챙겨 먹어. 알았지?

"알았다."

잘 달리려면 탄수화물을 많이 먹어둬야 하는 것은 마라톤의
기초 상식이란다.

─내가 옆에서 오빠를 챙겨줘야 하는데 그러지 못해서 속상
해. 오빠 내 맘 알지?

민영이 곰살맞게 굴었다. 태수는 민영의 위로에 얼음처럼 차
가웠던 마음이 조금 풀리는 것을 느꼈다.

"그래."

태수는 전화를 끊고 옷을 입었다. 헬스클럽에서 근력운동을
하고 아래층 목욕탕에서 씻고 나오니까 옷을 벗어둔 라커에서
휴대폰이 울고 있었다. 민영의 전화였다.

태수는 헬스클럽이 있는 메가박스 건물에서 나와 원룸으로
향했다.

횡단보도를 거의 건너고 있을 때 어디선가 민영의 휴대폰 컬
러링 '내 남자'가 크게 들려왔다.

횡단보도를 건너면 바로 삼성전자대리점이 있는데 오늘은 무
슨 행사를 하는지 쿵짝거리면서 난리가 아니다.

횡단보도를 다 건넌 태수는 무심코 '내 남자'가 들려오는 곳
을 쳐다보았다.

삼성전자대리점 커다란 쇼윈도 안에 대형 TV가 설치되어 있
고 노래는 거기에서 흘러나오고 있었다.

이봐~ 어딜 봐~
날 봐~ 나 여기 있어~
너 바보야~ 목석이야~
오아우~~ 나 여기 있어~ 올라와~
오아우~~ 여기 정상으로 올라와~
너는 내 남자~ 영혼의 내 남자~~

현재 대한민국의 남녀노소 코흘리개부터 꼬부랑 할머니까지
이 노래 '내 남자'를 모르면 간첩이다.

오죽하면 세상사에 관심 없는 태수까지 알고 있겠는가.

'내 남자'는 약간 빠른 템포지만 춤곡은 아니다. 발라드 같기
도 하고 R&B 같기도 한데 소울 색채가 짙다. 어쨌든 중독성과
호소력이 강해서 한 번 들으면 잊히지 않고 하루 종일 입안에
서 맴도는 그런 노래다.

태수가 삼성전자대리점 쇼윈도 안의 대형 TV를 보면서 왜 잠
시 걸음을 멈추었는지는 훗날 아무리 돌이켜 생각해 봐도 모를
일이었다.

평소의 태수라면 그가 영혼을 담아 좋아하는 전설적인 음악
같은 것이 들리지 않는 한 걸음을 멈추고 쇼윈도의 대형 TV를
쳐다보는 일 따윈 절대로 없다.

어쩌면 민영의 컬러링 '내 남자'가 태수의 마음을 움직였는지도 모른다.

대형 TV 안에서 아름다운 여자가 몸에 착 달라붙은 옷을 입고 볼륨 있는 근사한 몸을 우아하게 움직이면서 '내 남자'를 부르고 있다.

저 여자가 '내 남자'를 부르는 모습은 몇 번인가 TV에서 스쳐 지나듯 본 적이 있지만 누군지는 모른다.

그때 태수 옆에 우르르 모여 있던 대학생으로 보이는 청년들이 TV를 보면서 탄성을 터뜨리며 웅성거렸다.

"캬아~ 이민영 정말 몸매 죽이지 않냐?"

"몸매보다 이민영 목소리 들어봐라, 짜샤. 완전 영혼이 몸에서 이탈한다."

"이민영 걸그룹 아프로디테 보컬 하는 것보다 솔로로 뛰니까 펄펄 난다 날어."

그런 말을 들을 때까지도 태수는 자기가 알고 있는 이민영과 대한민국, 아니, 지금 전 세계를 들썩거리게 만들고 있는 걸그룹 아프로디테의 보컬 이민영이 동일인물일 거라는 생각은 손톱만큼도 하지 않았다.

그리고 무심히 대형 TV 안의 여자 얼굴을 보는 순간 태수는 멍해지고 말았다.

거기 화면 속에서 허리를 비틀며 가슴을 살랑살랑 흔들면서 금방 울 것 같은 슬픈 얼굴로 노래를 부르고 있는 여자는 이민영이 틀림없었다.

조금 전에 태수가 목욕탕에서 발가벗고 평상에 앉아 발가락을 긁적이면서 통화를 했던 민영이 지금은 TV 화면 속에서 노래를 부르고 있다.

―내가 옆에서 오빠를 챙겨줘야 하는데 그러지 못해서 속상해. 오빠 내 맘 알지?

통화 마지막에 그렇게 종알거렸던 민영이 그 입술로 지금은 TV 안에서 '내 남자'를 부르고 있는 것이다.

마음이 심란해진 태수는 밤 10시가 넘은 시간에 마라톤 훈련복을 갈아입고 강변으로 나갔다.

왠지 모르지만 마지막으로 한 번 달려줘야 할 것 같다는 생각이 들었다.

오늘 밤에는 21㎞ 하프코스를 달려볼 생각이다. 한 번도 기록을 재보지 않았었는데 지금 태수는 자신이 어느 정도 달리는지 기록이 궁금했다.

혜원이 사준 마라톤 시계를 00.00으로 맞추고 호흡을 조절한 후 스타트했다.

탁탁탁탁—

낙동강변은 가로등시설이 잘돼 있어서 밤에 뛰는데도 불편함이 없다.

태수는 자기가 여태까지 배운 모든 지식과 경험을 적용해서 최선을 다해 달렸다.

혜원의 울먹이는 목소리와 대형 TV 안에서 환상적으로 율동하며 노래를 부르던 민영의 노랫소리가 귀가 아닌 머릿속에서 선명하게 울려 퍼졌다.

그날 밤 태수의 21㎞ 기록은 1시간 1분 17초였다.

이봉주의 23년 묵은 기록 1시간 1분 04초를 깨려면 14초가 더 빨라야 한다.

5월 31일 일요일. 운명의 포천38선하프마라톤대회의 날이 밝았다.

태수는 전날 포천에 올라와 혼자 조용한 모텔에서 자고 아침 일찍 대회장에 나왔다.

날씨가 화창했고 태수의 컨디션은 복잡한 마음하고는 달리 최상을 유지하고 있었다.

제6장
신기록 제조기

포천38선하프마라톤은 태수가 지금까지 참가했던 마라톤대회하고는 여러 면에서 달랐다.

첫째, 지상파 방송 3사에서 모두 중계방송팀이 나왔다.

참가자들의 수근거림에 의하면 오늘 대회는 생방송을 한다는 것이다.

둘째, 뜻밖에도 엘리트 선수가 몇 명 참가했다.

원래 이런 마스터즈대회에는 엘리트 선수가 참가할 수 없다는 규정이 있지만, 이번 대회에는 5명의 엘리트 선수가 옵저버의 자격으로 출전했다.

참가자들 말에 의하면 이른바 '윈드 마스터 효과'라고 했다.

대한민국 마스터즈 마라톤계에 혜성처럼 등장한 한태수라는 선수가 마스터즈대회에서 연일 신기록을 경신하면서 승승장구하고 있는 상황에 편승하여, 이 기회에 대한민국 마라톤 하프 기록을 경신해 보겠다는 주최 측의 열망이 담겨 있다.

셋째, 오늘 하프 기록을 경신하는 사람에게는 포상금을 주기로 결정했다.

급조된 규정이지만 이 역시 마라톤계에 새 바람을 불러일으키려는 주최 측의 노고가 엿보인다.

기록 경신 포상금은 1천만 원이다.

1천만 원은 포천38선하프마라톤 포상금이고, 만약 오늘 이봉주 하프 기록을 경신하면 대한육상연맹, 대한체육회, 코오롱, 삼성전자 등 각지에서 오래전부터 내놓은 최소 1억 원씩의 포상금이 준비되어 있다.

하프코스는 오전 9시30분 출발인데 지금 시간이 9시다.

아직 30분 정도 시간이 남아서 태수는 옷을 갈아입지 않은 상태에서 출발 장소인 5군단 화랑연병장을 어슬렁거리며 주위를 둘러보았다.

민영을 찾는 것인데 어찌 된 일인지 그녀의 모습이 보이지 않았다.

3일 전 밤에 헬스클럽에 다녀오다가 삼성전자대리점 쇼윈도 안의 대형 TV에서 '내 남자'를 부르던 민영을 발견했을 때의 충격은 꽤 오랫동안 태수에게 남아 있었다.

태수는 그 길로 낙동강변에 나가서 21㎞를 전력으로 질주하여 1시간 1분 17초라는 기록을 세웠다.

그러고 나서 원룸으로 돌아와 가만히 앉아 있다가 휴대폰으로 민영을 인터넷 검색해 보았다.

이민영은 검색 1순위였다. 이름을 다 치기도 전에 그녀에 대한 정보들이 와르르 떴다.

동명이인이 꽤 많았으나 4인조 걸그룹 아프로디테의 보컬 이민영에 대한 내용이 화면을 도배할 정도로 압도적이었다.

이민영은 현존하는 대한민국 최고의 핫 아이콘이며 블루칩으로서, 가수뿐만 아니라 영화, 드라마를 넘나드는 팔방미인이고, 그녀가 출현했다 하면 흥행대박을 터뜨리는 그야말로 흥행의 보증수표라는 것이다.

인터넷 창에는 이민영에 대한 온갖 정보와 여러 개의 팬클럽, 홈페이지, 이미지 사진과 움짤, 프사, 화보 등 셀 수도 없는 사진과 동영상들이 가득했다.

태수는 민영의 감춰졌었던 진면목을 발견하고 매우 놀랐으나 결론적으로 한 가지 의문이 생겼다.

대한민국은 물론이고 아시아와 세계 여러 나라 남성들의 선망의 대상인 이민영이 도대체 무엇 때문에 별 볼 일 없는 시골

구석의 태수에게 접근하여 이것저것 호의를 베풀고 있느냐는 것이다.

태수의 제 일감은 이렇다.

이유는 모르겠지만, 민영이 태수를 갖고 논다는 것이다. 백 번, 천번을 양보하고 좋게 생각해 봐도 그렇게밖에는 결론이 내 려지지 않았다.

"오빠."

태수가 민영을 찾느라 두리번거리고 있을 때 뒤에서 누가 손 을 잡았다.

"오빠, 우리 저쪽으로 가자."

태수가 뒤돌아보니 모자를 깊숙이 눌러쓰고 고글에 얼굴 전 체를 덮는 마스크를 하고 위아래 고급 트레이닝복을 입은 민영 이 그의 손을 잡고 있다.

민영의 목소리를 듣지 않았으면 태수도 알아보지 못할 뻔했 다.

"이민영."

예전 같으면 민영이 이런 복장을 해도 별다른 생각을 하지 않았겠지만 지금은 다르다. 유명 연예인 이민영은 사람들의 이 목을 피하려고 변장을 한 것이다.

태수는 일단 민영이 이끄는 대로 연병장 가장자리 어느 벤치 로 가서 나란히 앉았다.

민영은 어깨에 메고 있던 스포츠 가방을 내려놓고 열더니 밴드를 꺼냈다.

"밴드 붙였어?"

"아니."

찍—

민영은 밴드를 찢으며 턱을 치켜들었다.

"옷 들어. 내가 붙여줄게."

태수가 묵묵히 입고 있던 윈드브레이커를 통째로 들어 올리고 맨살을 드러내자 민영은 상체를 숙이고 꼼꼼한 동작으로 태수의 양쪽 유두에 일회용 밴드를 붙여주었다.

밴드를 붙이지 않고 장거리를 뛸 경우엔 땀에 젖은 상의가 계속 유두를 스치다가 결국 유두에서 피가 난다.

태수는 몇 번이나 그런 쓰라린 경험을 했었는데 어떻게 해결해야 하는지 방법을 몰랐었다. 이제 보니 밴드를 붙이면 간단하게 해결되는 거였다.

직—

"이것도 해. 얼굴 내밀어봐."

민영이 하라는 대로 태수가 얼굴을 앞으로 내밀자 그녀는 유두에 붙인 밴드하고는 조금 다른 밴드 하나를 콧잔등에 붙여주었다.

"코 밴드야. 이거 붙이면 숨 쉬는 게 엄청 편해."

그녀는 다시 스포츠 가방을 뒤적여서 이번에는 보기에도 멋진 런닝화를 한 켤레 꺼냈다.

"발 올려봐."

태수는 혜원이 사준 런닝화를 신은 발을 들어 보였다.

"이거면 된다."

"그건 훈련용이라서 무거워. 벗고 발 올려."

태수는 의아한 표정을 지었다.

"무슨 뜻이야?"

민영은 태수의 발을 잡고 벤치로 들어 올려서 직접 런닝화를 벗겨서 자기가 갖고 온 런닝화 옆에 나란히 놓고 태수를 쳐다보았다.

"오빠가 직접 비교해 봐."

혜원이 사준 런닝화는 아식스고 민영의 것은 처음 보는 브랜드인데 붉은색 멋진 하트의 갈기 모양 안에 화살이 비스듬히 꽂힌 것처럼 'TALA'라고 적혀 있었다.

그런데 태수가 봤을 때 아식스와 TALA는 한눈에도 달라 보였다.

아식스는 바닥에 쿠션이 두툼하고 목이 길어서 복숭아뼈 아래까지 닿았다.

그렇지만 TALA는 쿠션이 없으며 목이 짧고 얇았다.

"둘 다 들어봐. 어느 게 가벼운지."

태수는 아식스와 TALA를 양 손바닥에 올리고 무게를 가늠해 보았다.

재볼 것도 없이 TALA가 훨씬 가벼웠다. 마치 새털 같았다.

"아식스는 훈련용이라서 한 쪽이 최소한 250g은 나갈 거야. 반면에 타라는 런닝화가 아니라 전문 선수용 마라톤화라서 170g밖에 안 나가."

태수는 민영의 말을 듣고 그녀가 갖고 온 마라톤화 브랜드가 '타라'라는 것을 알았다.

민영이 고글 너머의 크고 예쁜 눈으로 말끄러미 태수를 바라보았다.

"한쪽 발 80g, 양쪽 160g의 무게가 별것 아닌 것 같지? 그게 하프에선 최소한 2~3분의 기록을 좌우해."

그녀는 불룩한 가슴 위에 팔짱을 꼈다.

"오빠가 선택해."

태수는 마음 같아서는 무조건 혜원의 아식스를 신고 싶었지만 지금은 그럴 수가 없는 상황이다.

오늘 기록 경신을 하느냐 못 하느냐가 태수의 인생에 얼마나 중요한지는 100번을 반복해서 말해도 부족할 지경이다.

태수가 TALA에 발을 집어넣는 걸 보고 민영의 고글 너머 커다란 눈이 초승달을 그렸다.

"잘했어. 그래야 착한 오빠지."

민영은 태수의 마라톤화 끈을 직접 끼워주며 재잘거렸다.

"칩 줘봐."

태수는 칩을 건네고 발을 내민 채 묵묵히 민영의 정수리를 바라보았다.

"오늘 방송 3사 모두 왔어. 생중계할 거야. 이쪽 발."

태수가 다른 발을 내놓자 민영은 신발을 신겨주고 끈을 끼면서 입을 쉬지 않았다.

"현역 엘리트 선수도 5명 왔어. 그중에 이봉주를 제외하고 국내에서 가장 빠른 하프 기록을 갖고 있는 손주열도 왔어. 손주열 이름 들어봤지?"

"아니. 기록 얼만데?"

"1시간 2분 22초. 오빠가 제천의림지에서 세운 1시간 3분 42초보다 1분 20초나 더 빨라."

태수는 3일 전 민영의 비밀을 알게 된 밤에 낙동강변을 달려서 1시간 1분 17초의 기록을 세웠다는 걸 민영에게 말하지 않았다.

"손주열 말고도 4명 다 쟁쟁해. 그들 중에 한두 명이 오늘 필충만해서 이봉주 기록을 깰 수도 있어."

민영은 끈을 다 묶고 유난히 긴 두 팔을 쭉 뻗어 손으로 태수의 양쪽 무릎을 잡고 그를 빤히 주시했다.

"그러니까 정신 바짝 차려. 피니시라인 테이프를 제일 먼저 끊는 사람은 오빠여야 해."

태수는 민영을 만나면 왜 속였느냐고 따질 생각이었으나 방금 그녀가 하는 말을 듣고 다른 것을 물었다.

"만약 오늘 내가 우승 못 하면 어떻게 되는 거냐?"

태수는 자기가 오늘 우승을 하지 못하면 민영이 당연히 홀홀 미련 없이 떠날 것이라고 생각했다.

그녀로선 아쉬울 게 하나도 없을 테니까 말이다. 민영이 태수 자신을 갖고 노는 것이라고 믿으니까 더욱 그런 생각이 들었다.

태수가 빤히 주시하자 민영이 말했다.

"대답이 필요해?"

"그래."

슥—

민영이 갑자기 마스크를 벗더니 태수에게 바싹 다가앉아서 두 손으로 그의 뺨을 잡고는 입을 맞추었다.

"……?"

태수의 입속으로 매끄럽고 촉촉하며 따스한 민영의 혀가 한 번 쏙 들어와서 휘젓고는 사라졌다.

태수가 놀라서 정신을 차리지 못하고 있을 때 민영은 마스크를 다시 쓰면서 물었다.

"대답 됐어?"

"으… 응."

"나는 오늘 안 뛰어. 오빠 응원할 거야. 그만큼 중요하다는 뜻이야."

민영이 말하면서 태수의 손을 잡고 일으켰다.

"자, 옷 갈아입어야지."

그때 문득 태수는 오늘 지상과 방송 3사가 동시에 중계방송을 나온 것도, 엘리트 선수 5명, 그중에 현존하는 국내 하프 최고기록 보유자인 손주열이 온 것도 어쩌면 민영의 솜씨일지도 모른다는 생각이 뇌리를 스쳤다.

사회자는 마라톤계에 잘 알려진 개그맨 배동석이다.

원래는 다른 사회자였다는데 포천38선하프마라톤대회가 갑자기 유명세를 타다 보니까 배동석으로 급히 교체했다는 후문이다.

배동석이 엘리트 선수들과 태수를 호명하면서 하프 기록을 일일이 불러줄 때마다 사람들이 와아! 함성을 질렀다.

기록상 손주열이 첫 번째로 호명되었고 태수가 두 번째다.

배번호도 손주열이 4001번이고 태수가 4002번이다.

원래 태수는 대회 열흘 전에 택배로 배번호를 받았었는데 이곳에 와서 새로운 배번호를 받았다.

또한 태수는 항상 중간쯤에서 출발했으나 오늘만큼은 배동석과 주최 측의 배려로 맨 앞에 손주열을 비롯한 4명의 엘리트 선수들과 나란히 섰다.

태수는 싱글렛에 끼워두었던 오클리 고글을 꺼내 썼다.

"출바알—!"

배동석의 외침과 동시에 손주열과 엘리트 선수들, 그리고 몇 걸음 뒤처져서 태수가 총알처럼 뛰어 나갔다.

드디어 태수의 신화가 시작됐다.

태수는 엘리트 선수 5명의 10m쯤 뒤처져서 달려 나갔다.

"윈드 마스터! 파이팅!"

"윈드 마스터! 기록 깨자!"

사회자 배동석과 뒤따르는 참가자들이 이구동성 합창하듯이 태수를 응원했다.

"태수야! 치고 나가!"

뒤쪽에서 박형준의 고함 소리도 들렸다.

"윈드 마스터! 가자! 가자!"

옥동 세영두레아파트 24번 조영기 형님 목소리도 들렸다.

모두들 태수를 응원하고 있다. 응원의 함성이 뒷바람이 되어 태수를 힘차게 떠밀어주었다.

'컨디션 최고다! 오늘 일 한번 내보자!'

태수는 지그시 어금니를 악물면서 고글 안의 눈을 빛냈다.

이제는 물러설 데가 없다. 태수로서는 오늘 대회에 배수진을 치고 목숨을 걸었다.

혜원을 위해서 내 인생의 역전드라마를 새로 써야 한다!

탁탁탁탁—

한 발 한 발 내딛는 태수 두 다리의 근육이 멋지다.

상체에 비해서 하체가 조금 더 길고 굵지 않으면서도 미끈하게 쭉 뻗었다.

발목과 종아리가 가늘고 무릎의 근육이 잘 발달됐으며 허벅지도 단단하다.

전형적인 디스턴스 러너, 즉 장거리 주자의 체형이다.

걸음을 옮길 때마다 허벅지와 종아리의 근육이 불끈거리는 모양이 차라리 아름답기까지 하다.

마라톤을 시작한 지 두 달이 못 되는데도 이 정도 다리근육을 키웠다는 것은 그가 선천적으로 장거리 주자의 신체를 타고났으며 또한 그동안 얼마나 훈련을 많이 했는지 잘 대변하고 있다.

거리 표시 팻말이 2㎞를 나타내고 있을 때 태수는 6위로 달리고 있는 중이다.

손주열을 비롯한 엘리트 선수 5명 모두 태수 앞에서 달리고 있다.

태수는 1㎞당 2분 50초 페이스로 달리고 있다. 즉 이븐 페이스다.

이 페이스로 꾸준히 달리면 하프 21.0975㎞를 1시간 1분 언저리에 끊을 수 있다.

하지만 그렇게 하면 이봉주의 1시간 1분 04초에 아슬아슬하게 못 미칠 수도 있다.

그러니까 지금처럼 이븐 페이스로 가다가 17㎞나 18㎞ 지점에서 막판 스퍼트를 해서 1분 정도를 단축시켜 1시간 안에 골인한다는 것이 태수의 작전이다.

그렇지만 손주열을 비롯한 엘리트 선수 5명하고 거리가 너무 벌어지니까 슬슬 불안해지기 시작했다.

손주열의 모습은 보이지 않고 5위로 달리고 있는 엘리트 선수가 태수하고 100m 정도 벌어졌다.

KBS와 MBC, SBS 방송 3사의 차량과 오토바이들은 선두를 촬영하느라 여기에서는 보이지도 않는다.

모든 스포츠가 그렇겠지만 조명은 선두가 받게 돼 있다. 아무리 태수가 윈드 마스터 효과를 일으킨 장본인이라고 해도 선두가 아니면 의미가 없는 것이다.

태수는 조금씩 초조해지기 시작했다. 그가 제아무리 하프코스를 1시간 안에 골인한다고 해도, 손주열이나 엘리트 선수들이 그보다 빠른 기록이라면 태수는 닭 쫓던 개 지붕 쳐다보는 꼴이 되고 말 것이다.

시간을 잘못 체크했나 싶어서 시계를 보니까 6분을 막 지나고 있다.

정확한 거리를 알 수가 없어서 매 km당 기록을 재지 못하는 상황이라서 일단 3km까지만 참고 달려보기로 했다.

탁탁탁탁—

그런데 그때 뒤에서 규칙적이면서도 빠른 발걸음 소리가 들려서 태수는 반사적으로 힐끗 뒤돌아보았다.

달리다가 뒤돌아보면 달리는 균형이 흐트러지고 그래서 페이스를 잃으면서 속도가 뚝 떨어진다는 사실을 알면서도 본능적으로 뒤돌아본 것이다.

태수의 눈이 커졌다.

불과 5m 뒤에서 아프리카계의 흑인 한 명이 바람을 가르면서 늘씬한 다리를 쭉쭉 뻗으며 달려오고 있는 모습을 보고 태수는 가슴이 덜컥 내려앉았다.

흑인의 가슴에 붙어 있는 배번호 4007번이 태수의 눈으로 오버랩되었다. 손주열과 태수, 4명의 엘리트 다음으로 잘 뛰는 선수라는 뜻이다.

'서창원이다!'

얼마 전까지만 해도 국내 마스터즈 하프코스 최고기록을 보유하고 있던 브룬디 출신의 창원 서씨 시조 서창원이 분명하다.

태수는 서창원을 사진으로도 본 적이 없지만 그를 보는 순간 서창원이라고 확신했다.

지금 태수는 적어도 1㎞당 2분 50초로 달리고 있는데 엘리트 선수 5명보다도 느리고 이제는 서창원마저 그를 추월하려고 하는 상황이다.

서창원의 하프 최고기록은 1시간 8분대다. 태수의 최고기록보다 7분이나 늦다.

그런데도 서창원이 추월하려고 하자 태수는 평정심을 잃었다. 서창원에게까지 추월을 당하면 죽도 밥도 안 된다.

태수가 뒤돌아보다가 잠깐 균형을 잃는 사이에 서창원이 그를 추월했고, 열 받은 그가 다시 치고 나가 순식간에 서창원을 추월했다.

'안 되겠다. 치고 나가자.'

태수는 애초에 세운 계획보다는 일단 앞선 5명의 엘리트 선수를 따라잡아야겠다고 마음먹었다.

그러나 태수는 5명의 엘리트 선수 후미를 10m 남겨두고 제동이 걸렸다.

"오빠! 미쳤어? 왜 그렇게 빨리 달려?"

어디선가 민영의 뾰족한 외침이 쨍! 하고 들려왔다.

태수가 쳐다볼 새도 없이 느닷없이 민영의 모습이 왼쪽에 나타났다.

투투투투—

육중한 배기음과 함께 새카만 색의 멋들어진 할리데이비슨 한 대가 불쑥 나타나 태수 옆 2m에서 나란히 달렸다.

태수가 쳐다보니 근사한 가죽 재킷에 검은 가죽 장갑을 끼고 역시 할리베이비슨 특유의 독일군 철모를 닮은 검은 헬멧에 고글을 쓴 민영이 도끼눈을 뜨고 태수에게 소리쳤다.

"원래 계획이 km당 몇 분 몇 초야?"

"2분 50초!"

태수가 속도를 늦추면서 조금도 숨차지 않은 목소리로 대답했다.

"그럼 1시간 1분이야! 그렇게 뛰다가 17km나 18km에서 스퍼트하면 되잖아!"

민영이 km당 2분 50초 곱하기 21.0975를 어떻게 그리 빨리 시간으로 환산하는 것인지 정말 기가 질릴 정도다.

태수가 힐끗 보니까 민영이 몰고 있는 할리데이비슨 뒤쪽에 장착된 특수한 조수석에 헬멧을 쓴 차동혁이 열심히 태수를 촬영하고 있다.

민영이 도로 앞쪽 엘리트 선수들을 가리키며 소리쳤다.

"저 사람들 오빠 견제하느라 오버페이스하는 거니까 조금도 신경 쓰지 마! 지금 이대로 가면 오히려 오빠한테 유리해!"

"알았다!"

태수는 대답을 건성으로 하면서 다시 한 번 차동혁을 힐끗 쳐다봤다.

MBC 스포츠기자인 차동혁은 민영이 누군지 잘 알고 있을 것이다.

그런데도 민영이 몰고 있는 할리데이비슨 뒷자리에 앉아서 태수를 촬영하고 있다는 것은 과연 무슨 뜻인가?

차동혁이 민영과 태수의 관계를 알아도 괜찮다는 건가? 아니면 민영이 차동혁의 입을 막을 자신이 있다는 건가?

태수가 2분 50초 이븐 페이스를 유지하고 있는 사이에 엘리트 선수들은 쭉쭉 치고 나가 300m까지 거리가 벌어졌다.

"오빠! 편하게 달려!"

민영은 태수가 오버페이스를 할까 봐 그가 이븐 페이스를 유지하고 있는데도 안달이 나서 자꾸 외쳤다.

태수는 마음을 편하게 먹으려고 노력했다. 편하게 달려야지만 좋은 기록이 나온다는 민영의 말이 백번 옳다.

그때 앞쪽이 약간 소란해졌다. 선도차와 KBS, MBC, SBS 방송 3사의 중계차량들이 일렬로 태수와 민영을 향해서 달려오고 있다.

이번 대회는 반환점이 두 군데다.

출발지인 5군단 화랑연병장을 나와서 좌회전하여 3.8㎞를 가서 첫 번째 반환점을 돌아 다시 5군단 앞을 통과하여 두 번째 반환점인 성동검문소를 돌아오는 길이다.

선두를 촬영하고 있는 방송 3사의 중계차들은 첫 번째 반환점을 돌아서 오고 있는 것이다.

방송 3사의 중계차에서는 엘리트 선수들이 이 속도를 유지하여 달리면 5명 모두 대한민국 하프마라톤 기록을 새롭게 경신할 것이라고 목소리를 높이고 있다.

윈드 마스터 효과의 주인공인 태수는 6위로 달리면서 찬밥 신세인데 다 차려놓은 밥상에서 엘리트 선수 5명이 호강하는 것 같았다.

그런데 선도차와 중계차들이 지나고 나서 1위로 달려오고 있는 선수는 뜻밖에도 손주열이 아니다.

"누구죠?"

민영이 묻자 차동혁이 태수를 촬영하면서 대답했다.

"삼성전자 안호철입니다! 하프 개인 최고기록 1시간 3분 55초로 다크호스입니다!"

1위 안호철 뒤 20m 뒤처져서 손주열이 안정된 주법으로 달려오고 그 뒤로 3명의 엘리트 선수가 한데 뭉쳐서 각축을 벌이고 있다.

"릴렉스! 릴렉스!"

그걸 보면서도 민영은 태수가 오버페이스를 할까 봐 릴렉스만 외치고 있다.

첫 번째 반환점 3.8㎞를 돌아 다시 5군단을 향해 달릴 때 민영은 태수의 입술이 벙긋거리는 것을 발견했다.

할리데이비슨을 바싹 붙이고 자세히 듣던 민영은 태수가 달리면서 조금 큰 소리로 노래를 부르고 있다는 걸 알아냈다.

'오현란의 오해?'

6위로 달리면서도 마음을 가라앉히고 이븐 페이스를 유지하기 위해서 태수는 노래를 부르고 있었다.

혜원이 즐겨 부르고 그러다가 태수도 좋아하게 된 오현란의 '오해'라는 노래다.

갑자기 민영이 소리쳤다.

"오빠! 내가 노래해 줄게!"

그러더니 누가 뭐라고 할 새도 없이 민영이 큰 소리로 노래를 부르기 시작했다.

네가 날 사랑한다면~

네가 날 원한다면~

망설이지 마~ 내 세계로 들어와~

민영의 빅히트곡 '내 남자'다.

반주 없이 허스키하고 보이시한 목소리로 부르는 민영의 '내 남자'는 또 다른 매력이 넘친다.

태수는 오현란의 오해를 멈추고 민영을 힐끗 한 번 보고 나서는 그녀의 노래를 감상하면서 달렸다.

차동혁은 상체를 뒤로 쓰러질 듯이 눕힌 자세로 카메라 포커스를 태수에게서 민영에게 돌려서 찍기 시작했다.

이봐~ 어딜 봐~

날 봐~ 나 여기 있어~

너 바보야~ 목석이야~

오아우~~ 나 여기 있어~ 올라와~

오아우~~ 여기 정상으로 올라와~

너는 내 거야~ 내 남자~

영혼의 내 남자야~~

차동혁은 상체를 오른쪽으로 쓰러뜨릴 듯이 눕히고 같은 앵글 속에 달리고 있는 태수와 '내 남자'를 부르고 있는 민영의 모습을 함께 잡았다.

'오프 더 레코드만 풀리면 이건 초대박이다!'

차동혁은 촬영을 하는 동안 너무 흥분해서 숨을 쉬는 것도 잊었다.

같은 시간 서울 신촌 연대 입구 르미에르오피스텔 12층에 있는 혜원의 오피스텔.

혜원은 TV 앞에 앉아서 포천38선하프마라톤 중계실황을 뚫어지게 주시하고 있다.

뚝 떨어진 곳에서 막내 고모 남수현은 창문을 열어놓고 창틀에 걸터앉아서 왼손에 재떨이를 들고 담배를 피우며 시선은 TV를 향한 채 중얼거렸다.

"태수는 안 나오잖아."

혜원은 수현의 말을 귓등으로 들으며 TV 속으로 빨려 들어갈 것처럼 주시하고 있다.

TV 채널은 MBC에 고정되어 있다. 지난번 태수와 혜원을 인터뷰한 방송이 MBC이기 때문이다.

그렇지만 MBC를 비롯한 방송 3사의 중계차들은 혜원으로선 관심도 없는 엘리트 선수들만 보여주고 있다.

그때 갑자기 TV의 중계 캐스터가 목소리를 높였다.

─아! 지금 6위로 달리고 있는 한태수 선수 쪽에서 들어온 소식입니다! 그쪽 화면을 잠깐 보시겠습니다!

혜원의 눈이 커지고 얼굴이 밝아졌다.

화면 가득 태수가 힘차게 달리는 모습이 나왔기 때문이다.

그런데 무슨 노랫소리가 들리고 있었다.

—아아~ 오토바이에서 누군가 달리는 한태수 선수에게 노래를 불러주고 있군요! 이런 광경은 마라톤 방송 사상 초유의 일입니다! 하하하!

캐스터가 웃자 해설자도 웃으며 덧붙였다.

—하하하! 제가 가장 좋아하는 아프로디테의 보컬 이민영 씨의 '내 남자'로군요! 노래 솜씨가 이민영 씨 뺨칠 정도로 수준급입니다!

—그나저나 한태수 선수는 행복하군요! 저렇게 노래로 응원을 받으면서 달리고 있으니 말입니다! 하하하!

수현이 담배를 끄고 혜원 옆으로 다가왔다.

"태수 나왔니?"

혜원은 대답하지 않았다. 그 대신 TV 화면에서 크게 클로즈업되고 있는 오토바이를 몰면서 노래를 부르고 있는 여자의 모습에 시선이 고정되었다.

헬멧과 고글을 쓰고 목청껏 노래를 부르고 있는 여자의 모습이 너무 아름다웠다.

이봐~ 어딜 봐~
날 봐~ 나 여기 있어~
너 바보야~ 목석이야~
오아우~~ 나 여기 있어~ 올라와~

오아우~~ 여기 정상으로 올라와~
너는 내 거야~ 내 남자~
영혼의 내 남자야~~

이유는 모르겠지만 혜원은 그 노래를 들으면서 이상하게도
자꾸 눈물이 났다.

"잘하고 있어, 오빠!"
선두그룹 엘리트 선수 5명의 꼬랑지는 보이지도 않는데 민영
은 연신 잘하고 있다면서 태수를 독려했다. 그녀는 마치 전장에
서의 독전대(督戰隊) 같았다.
그렇지만 민영은 태수에게 무조건 잘한다고 독려만 하는 것
이 아니다.
그녀는 부지런히 시계와 태수를 번갈아 보면서 1㎞당 기록을
재고 있다.
매 1㎞ 기록이 2분 50초를 유지하고 있기 때문에 잘하고 있
다면서 태수를 독려하는 것이다.
민영은 뜨거운 가슴과 차가운 머리를 동시에 지니고 있는 여
자다.
그래서 가슴으로는 사랑을 하고 차가운 머리로는 냉철한 계
산을 한다.

민영의 생각으로는 앞선 5명의 엘리트 선수와 서창원은 오버페이스를 하고 있는 것이 분명하다.

5명의 엘리트와 서창원은 지나치게 태수를 의식하고 있다. 자신들의 컨디션이 최상이라고 확신하고 있겠지만 착각이라는 사실을 머지않아서 뼈저리게 깨닫게 될 것이다.

제일 먼저 서창원이 뒤처질 것이고, 그다음에 엘리트 5명이 서로 내기라도 하듯이 속도가 떨어질 것이다.

그러니까 태수는 그딴 거 조금도 신경 쓰지 말고 지금 페이스만 유지하면 이봉주의 23년 묵은 기록을 깨는 것도 불가능한 일은 아니다.

민영이 보니까 태수는 머리부터 발까지 온몸이 땀투성이다. 땀이 비 오듯이 줄줄 흘러내리고 있다.

5월 31일이면 초여름 날씨다. 더구나 구름 한 점 없어서 쏟아지는 햇빛을 그대로 받고 있다.

4㎞ 팻말을 지난 지 꽤 됐으니까 이제 곧 급수대가 나타날 것이다.

민영이 그런 생각을 하고 있을 때 전방 도로변에 급수대가 나타났다.

시간을 보니까 14분 20초를 지나고 있다. 지금까지는 태수가 잘 달려주고 있다.

민영은 힐끗 차동혁을 돌아보며 주의를 주었다.

"태수 오빠가 무조건 우승할 거니까 잘 찍어요!"

"염려 붙들어 매슈!"

차동혁은 태수의 달리는 모습을 여러 각도에서, 그리고 때로는 얼굴과 다리 근육을 클로즈업시키면서 부지런히 찍고 있다.

태수가 우승을 하지 못하면 도로 아미타불이지만 어차피 인생은 모험이라는 것이 차동혁의 생각이다.

하지만 차동혁이 지켜본 태수는 불사조 같은 사내다. 더구나 오늘 태수는 컨디션이 좋아 보인다.

태수가 이봉주 기록을 깨면 태수를 전담 촬영하고 있는 차동혁은 히트를 치는 것이다.

더구나 이민영과 태수의 러브러브한 장면들도 찍었으니까 나중에 그거까지 터뜨리면 초대박. 뒤치다꺼리 스포츠기자 차동혁 인생에 서광이 비추게 될 것이다.

민영이 태수에게 전방을 가리키며 소리쳤다.

"오빠! 급수대 6번으로 와! 알았지?"

투투투투―

급수대가 가까워지자 민영은 할리를 몰아 앞서 나갔다.

민영은 자원봉사자들이 죽 늘어선 급수대를 지나쳐서 끄트머리에 있는 개인 급수대로 향했다.

엘리트 선수와 따로 주최 측에 신청을 한 사람에 한해서 개인 급수대가 주어진다.

민영이 준비한 6번 급수대에는 핫팬츠에 탱크탑을 입고 빨간 모자를 쓴 늘씬한 미녀 4명이 스포츠 음료와 간식, 의약품 등을 준비하고 있다.

미녀들은 오로지 태수 한 사람을 위해서 매 5km마다 급수대에서 대기하고 있다.

물론 그것들은 모두 민영의 솜씨다.

미녀들의 핫팬츠와 탱크탑 가슴, 그리고 모자에는 태수의 신발에 새겨진 'TALA' 로고가 선명하고도 예쁘게 그려져 있었다.

그리고 미녀들 뒤쪽에 풍선으로 만든 아치가 세워져 있으며 거기에는 'TALA SPORTS'라고 눈에 확 띄게 적혀 있다.

민영은 급수대 뒤쪽에 할리를 세우고 뛰어내려 급수대로 달려갔다.

민영은 미녀에게서 건네받은 타라스포츠 음료 2개를 급수대 앞쪽에 놓고 바세린 병뚜껑을 열면서 미녀에게 지시했다.

"겔 준비됐어요?"

"여기 있어요!"

미녀 한 명이 꼭지를 자른 작고 예쁜 비닐팩을 재빨리 내밀었다.

"2개 준비해요!"

"네!"

민영은 달려오고 있는 태수에게 손짓을 했다.

"오빠! 여기야!"

"헉헉헉헉……."

태수가 6번 급수대로 들이닥쳤다.

"이거 마시고 저기 젤도 2개 빨아서 먹어!"

태수는 미녀들이 내밀고 있는 타라스포츠 음료 2개를 양손에 쥐고 마셨다.

그사이에 민영은 바세린을 양손에 듬뿍 묻혀서 태수 앞에 무릎을 꿇고 앉아 거침없이 그의 숏팬츠를 걷어 올렸다.

타라 울트라 스포츠젤을 빨아 먹고 있던 태수는 민영의 두 손이 허벅지를 쓸어 올리면서 페니스를 건드리자 움찔해서 내려다보았다.

민영이 보니까 태수 양쪽 허벅지가 빨갛게 부어올랐다. 달리는 도중에 젖은 숏팬츠가 자꾸 허벅지를 스치니까 쓸린 것이다.

그대로 놔뒀다간 피가 나고 쓰라려서 뛰는 데 큰 지장을 줄 것이다.

민영은 두 손에 묻혔던 바세린을 태수 허벅지에 슥슥 문질렀다.

그 과정에 숏팬츠 안쪽 그물망에 담겨 있는 태수의 페니스가 민영의 손에 여러 차례 닿았으나 두 사람 다 개의치 않았다.

탁탁탁탁—

태수는 양쪽 허벅지가 몹시 쓰라렸는데 민영이 허벅지에 발라준 것이 뭔지 모르지만 상태가 좋아졌으면 좋겠다고 생각했다.

민영의 예상은 적중했다.

8㎞ 조금 못 미친 지점에서 태수가 서창원을 추월했다.

민영이 보니까 많이 오버페이스를 한 서창원은 이후 자신의 기록을 경신하지 못하거나 아니면 리타이어, 즉 중도에서 포기할 수도 있을 것 같았다.

할리를 몰고 태수 왼쪽에서 나란히 달리고 있는 민영은 8㎞에서 9㎞까지 태수의 ㎞당 시간을 재보았다.

'2분 43초!'

고글 안의 민영의 두 눈이 동그랗게 커졌다.

5㎞ 전까지는 2분 50초에서 2분 53초 사이를 왔다 갔다 했었는데 8㎞~ 9㎞ 구간에서 오히려 빨라졌다.

민영은 흥분을 억누르면서 다시 9㎞에서 10㎞까지 재보기로 했다.

탁탁탁탁—

그사이에 태수는 후미 2명의 엘리트 선수를 추월했다.

그러나 손주열과 안호철의 모습은 아직도 보이지 않았다.

민영은 귀에 꽂은 이어폰으로 중계방송을 듣고 있는 중이라서 현재 1위 안호철이 태수보다 400m~500m 쯤 앞서 달리고 있다는 사실을 알고 있다.

이곳 시골길은 하도 꼬불꼬불해서 400m~500m 앞도 보이지 않았다.

그렇지만 민영은 안호철과 손주열의 상황에 대해서 태수에게 말해주지 않았다.

태수의 라이벌은 안호철이나 손주열 따위가 아니라 바로 '시간'이라는 놈이니까 말이다.

민영이 살펴보니까 태수의 표정이나 달리는 모습은 여전히 쌩쌩했다.

그러니까 태수는 전력이 아니라 편안한 주법으로 달리고 있는 것이다.

그때 직선으로 곧게 뻗은 도로가 나타나고 도로 끝에 2번째 하프 반환점이 서 있는 게 보였다.

그리고 반환점을 돈 선도차와 중계차량 뒤로 안호철과 손주열, 그리고 또 한 명의 엘리트 선수가 일렬로 달려오고 있는 모습도 보였다.

가까이 다가온 안호철 등 세 명의 엘리트 선수 얼굴에 놀라움과 조급함이 떠올라 있었다.

자신들이 태수를 많이 따돌린 줄 알았는데 이제 보니까 기껏 400m~500m에 불과하다는 사실을 알았기 때문이다.

3명의 엘리트 선수가 쌩! 하고 스쳐 지나간 직후에 민영은 도로변의 10㎞ 팻말과 시계를 재빨리 쳐다보았다.

'오 마이 갓!'

태수의 9㎞에서 10㎞까지 2분 39초 걸린 것을 확인한 민영은 속으로 비명을 지르면서 태수를 쳐다보았다.

태수의 얼굴은 변함없이 편안했다. ㎞당 2분 39초로 달리면서도 하나도 힘든 얼굴이 아니다.

이봉주가 23년 전에 세운 하프 최고기록 1시간 1분 04초는 ㎞당 평균 2분 53.7초였었다.

그런데 현재 태수는 그것보다 14초 이상 빨리 달리고 있는 것이다.

"오빠! 오버페이스야?"

그래서 초조한 마음에 민영은 태수에게 확인하지 않을 수가 없었다.

"노래 불러줄까? 내 남자?"

태수는 민영을 힐끗 보며 자신만만하게 소리쳤다. 노래를 불러줄 정도로 여유 있다는 뜻이다.

"브라보!"

민영은 속으로 외친다는 게 입 밖으로 브라보가 튀어나왔다.

그녀는 주먹을 불끈 쥐었다.

"오늘 일내자! 아자!"

민영은 오늘따라 태수가 더욱 멋있게 보여서 눈을 가느다랗게 뜨고 그가 달리는 모습을 감상하듯 지그시 바라보았다.

태수는 한 걸음 한 걸음 힘차게 내디딜 때마다 구령처럼 속으로 외쳤다.

'워나! 오빠 오늘 일낸다!'

TV 화면에는 1위로 달리고 있는 안호철만 나오는데도 혜원은 화면에서 시선을 떼지 못했다.

아주 가끔 태수가 달리는 모습이 몇 초쯤 화면에 나오곤 했는데 혜원은 그걸 눈이 빠지도록 기다리고 있다.

"혜원아! 라면 끓일까? 아니면 피자 시킬까?"

수현이 침대에서 뒹굴거리며 말을 걸었으나 혜원은 듣지 못했다.

혜원은 태수가 이봉주의 기록을 경신하길 간절하게 원하고 있다.

그것이 어떤 의미이고 또 어떤 파급효과를 불어올지는 잘 모르지만 태수가 그걸 이루기 위해서 저렇게 달리고 있기 때문이다.

태수가 행복하면 혜원도 행복하다.

어렸을 때부터 늘 그랬다. 혜원은 태수가 곁에 있어서 마냥 행복했었다.

태수는 혜원의 하늘이고 모든 것이다. 혜원이 숨 쉬면서 살아가는 이유는 오로지 태수 때문이다.

한 달 내내 숨 가쁘게 돌아가는 팍팍한 회사 생활 속에서도 안동에 내려가서 태수를 만날 생각만 하면 힘이 났었고 희망이 샘솟았었다.

아버지가… 큰오빠가 엄하게 반대해도 혜원은 계속 태수를 만날 것이다.

태수를 만나지 못한다는 것은 혜원더러 죽으라는 뜻이다.

"사랑해……"

혜원은 태수가 나오지 않는 TV 화면을 보면서 눈물을 글썽이며 말했다.

잡지를 뒤적이던 수현이 반응했다.

"라면 끓여 먹자고?"

태수는 11㎞ 지점에서 3명의 엘리트 선수 중에 후미 한 명을 추월하고 2위 손주열에게 따라붙었다.

민영이 재보니까 손주열과 안호철의 속도는 ㎞당 3분 5초대로 떨어져 있었다.

저 상태라면 두 사람은 갈수록 속도가 떨어질 것이고 이봉주

기록은커녕 자신들의 기록을 지키는 것도 어려울 것이다.

고소하다. 오버페이스를 한 대가다.

현재 태수의 속도는 매 ㎞당 2분 50초다.

아까 ㎞당 2분 40초대보다 10초 느려졌는데 오버페이스를 할까 봐 민영이 그러라고 주문한 것이다.

이 속도만 꾸준하게 유지해도 하프코스를 1시간에 주파하여 이봉주 기록을 경신할 수 있다.

그런데도 불구하고 태수는 아직 지치지 않았고 오히려 힘이 넘치고 있다.

태수와 민영, 심지어 MBC 스포츠기자 차동혁까지도 태수가 이봉주 기록을 깬다는 사실을 의심하지 않았다.

탁탁탁탁…….

이윽고 태수가 손주열을 추월하기 시작했다.

매 ㎞당 2분 50초가 3분 5초를 추월하는 것은 당연한 일이다.

탁탁탁탁…….

태수와 손주열이 나란히 달렸다.

손주열은 얼굴을 잔뜩 찡그리며 입을 크게 벌린 채 거친 숨을 몰아쉬며 추월당하지 않으려고 기를 썼다.

그렇게 해서 손주열의 순간속도가 잠깐 동안이나마 태수하고 같아졌다.

그러나 손주열이 태수하고 나란히 달린 시간은 채 10초를 넘기지 못했다.

손주열은 뒤로 축 처지면서 버럭 소리 질렀다.

"파이팅!"

탁탁탁탁······.

손주열의 응원을 등에 업은 태수는 20m 앞서 달리고 있는 안호철을 향해 대쉬했다.

뒤에서 발걸음 소리가 점점 가까워지자 안호철이 불안한 표정으로 자꾸 뒤돌아보았다.

"흐억··· 헉헉헉······."

안호철의 숨소리는 듣기 거북할 정도로 거칠었다. 추월당하지 않으려고 기를 쓰니까 호흡이 더욱 거칠어졌다.

민영은 태수가 성큼성큼 안호철을 따라잡는 광경을 보면서 득의하게 미소 지었다.

'배기량이 달라, 배기량이. 태수 오빠 허파는 V12야!'

태수는 안호철 왼쪽으로 기세 좋게 치고 나갔다.

안호철이 힐끗 쳐다보는 느낌이 들었지만 굳이 마주 쳐다보지 않고 달려 나갔다.

턱—

그런데 안호철을 막 앞지르려는 순간 뭐가 다리에 걸리면서 태수는 그대로 앞으로 고꾸라졌다.

쿵!

"으왓!"

태수는 엎어지면서도 무릎을 꿇지 않으려고 상체를 옆으로 틀어서 왼쪽 어깨로 바닥에 쓰러졌다.

"으으……."

"오빠—!"

어깨가 부서지는 듯한 통증으로 얼굴을 찡그리고 있는 태수의 귀에 민영의 찢어지는 듯한 비명이 들렸다.

태수가 비틀거리면서 일어나고 있을 때 손주열이 그를 스쳐지나면서 걱정스럽게 처다보며 외쳤다.

"괜찮습니까?"

그렇지만 태수는 대답할 여력 없이 몸을 일으켰다.

손주열은 저만치 달려가면서 태수가 일어선 것을 뒤돌아보고는 말없이 안호철을 향해 달려갔다.

놀란 민영이 할리에서 내리려고 하는데 태수가 다시 달리기 시작하는 걸 보고 그녀도 할리를 다시 몰았다.

투투투투—

"오빠! 괜찮아? 다친 데 없어?"

"괜찮아!"

탁탁탁탁—

태수는 얼굴을 찡그리면서 대답하고는 총알처럼 달려 나갔다.

민영은 걱정스러운 얼굴로 태수를 지켜보았다. 민영이 보기에 태수의 달리는 모습은 넘어지기 전이나 후나 달라진 것이 없는 것 같아 안심이 되었다.

태수가 안호철과 손주열을 향해 저돌적으로 달려가는 것을 보면서 민영이 차동혁에게 물었다.

"차 기자님! 어떻게 된 거예요?"

"안호철이 태수 씨 다리를 걸었습니다."

"틀림없어요?"

"틀림없습니다! 다 찍었습니다!"

차동혁이 자신 있게 말하자 민영은 안호철을 잡아먹을 듯이 노려보았다.

"비겁한 자식!"

차동혁이 태수를 계속 찍으며 말했다.

"내가 찍은 것을 증거로 제시하면 안호철 저놈 실격입니다. 어쩌면 몇 년 동안 출전정지도 가능할 겁니다."

"출전정지가 아니라 저런 놈은 영구제명시켜야 해요."

한 번 넘어졌던 태수가 다시 일어나서 달리기 시작할 때 안호철은 50m쯤 앞서가고 있었다.

태수는 넘어지면서 다리를 다치지 않았을까 걱정했는데 달려보니까 다리는 별 이상이 없다.

대신 왼쪽 어깨가 욱신거렸다. 마라톤에서는 다리가 제일 중요하지만 허리나 어깨, 팔 등 온몸 중요하지 않은 부위가 없다.

달리는데 어깨가 지끈거려서 힘을 주기가 불편했다.

'저 새끼!'

태수는 안호철이 발을 걸었을 것이라고 확신했다.

눈으로 보지는 못했지만 잘 달리고 있던 그가 안호철을 추월하는 순간에 뭔가에 걸려서 넘어졌다면 놈이 발을 건 게 분명하다.

안호철은 오버페이스를 한 대가를 톡톡히 치르고 있다.

반면에 손주열은 오버페이스를 하긴 했지만 안호철만큼은 아니다.

탁탁탁탁—

손주열은 힘차게 달려서 안호철 왼쪽에서 나란히 달렸다.

안호철이 일그러진 얼굴로 힐끗 손주열을 쳐다봤다.

손주열은 경멸의 표정을 지었다.

"비열한 자식. 퉤엣!"

"엇?"

손주열은 자기를 쳐다보고 있는 안호철 얼굴에 침을 뱉었다.

안호철의 얼굴이 일그러지는 것을 보고 손주열은 앞으로 치고 나갔다.

조금 전에 손주열은 안호철이 태수의 발을 거는 것을 바로 뒤에서 똑똑히 목격했었다.

"으헉헉… 저 개새끼가……."

안호철이 점점 멀어지는 손주열을 보면서 욕을 하고 있을 때 왼쪽으로 태수가 치고 나왔다.

탁탁탁탁―

태수는 안호철을 쳐다보지도 않았다. 그가 안호철을 쳐다보면서 욕을 퍼붓는 것이 보통 사람들의 반응이다.

하지만 그는 너 따위는 상대할 가치도 없다는 듯 시선조차 주지 않았다.

또 발을 걸려면 걸어보라는 당당한 모습에 안호철은 주눅이 들어버렸다.

비열한 자식은 발을 걸고, 당당한 사내는 우승을 한다는 사실을 태수는 실천으로 보여주려는 것이다.

민영은 태수가 안호철에게 시선조차 주지 않고 추월하는 모습을 보고는 묘한 표정을 지었다.

보통 사람들하고는 전혀 다른 태수의 행동에 민영은 뜻 모를 미소를 지었다.

'과연 내가 고른 남자야'라고 그녀의 미소가 말하고 있다.

"오빠!"

태수가 넘어지는 순간 혜원은 자지러지는 비명을 지르며 TV
로 달려들었다.

"왜 그래, 혜원아?"

침대에 있던 수현이 놀라서 달려왔다.

"오빠! 으흑흑!"

혜원은 TV 속에서 아스팔트에 쓰러져 꿈틀거리고 있는 태수
를 보며 애간장이 끊어지는 표정으로 흐느껴 울었다.

탁탁탁탁―

태수는 곧 손주열과 나란히 달리게 되었다.

두 사람 앞에는 선도차와 방송 3사의 중계차들이 달리고 있
다.

태수는 아까 자기가 손주열을 추월할 때 그가 파이팅을 외쳐
주고, 또 안호철 발에 걸려서 넘어졌을 때 괜찮냐고 물어봐 주
었기에 그를 좋게 보았다.

그렇지만 좋게 본 건 좋게 본 거고 시합은 시합이다.

탁탁탁탁―

손주열을 추월하려는데 떨어지지 않고 오른쪽에서 맹렬하게
따라붙고 있다.

태수가 쳐다보니 손주열이 그를 보면서 헐떡거렸다.

"내가 페메 해주겠습니다!"

태수 왼쪽에서 민영은 손주열의 외침을 들었다.

"달려, 오빠! 손주열선수가 페이스메이커 해준대잖아!"

페이스메이커(Pace Maker)란 중거리 이상의 마라톤경주나 자전거경주 등에서 기준이 되는 속도를 만드는 선수를 말한다.

즉, 마라톤에서의 페이스메이커는 선두주자의 기록 향상을 위해서 전력으로 달리며 앞에서 끌어주거나 나란히 달리는 선수를 말한다.

페이스메이커는 대게 피니시라인까지 달리지 않고 중도에서 빠진다.

그런데 지금 손주열이 태수의 페이스메이커를 자청하고 나선 것이다.

태수의 기록 향상을 위해서 손주열이 페이스메이커를 해주면 그는 크게 오버페이스를 하게 되어 이번 경기를 망치게 될지도 모른다.

그렇지만 태수가 23년 묵은 이봉주의 하프코스 기록을 깨기를 손주열이 간절히 열망하고 있다면 가능한 일이다.

"2분 40초야! 그 속도 유지해!"

민영이 15km~16km의 시간을 재고는 얼굴이 상기되어 소리쳤다.

태수는 16km까지 44분 15초가 걸렸다. 그것은 매 km당 2분 45초가 소요됐다는 뜻이다.

민영은 심장이 두근거리는 것을 억누를 수가 없다.

하프코스 세계기록을 보유하고 있는 에리트레아의 제르세나이 타데세(Zersenay Tadese)가 58분 23초를 매 ㎞당 평균 2분 46초로 달렸기 때문이다.

'설마 태수 오빠가… 아아… 미치겠네, 정말……'

민영은 어쩌면 태수가 세계기록 58분 23초를 경신할 수도 있을 것 같다는 상상을 하자 머릿속이 새하얘졌다.

손주열은 18㎞에서 뒤로 처지며 태수에게 외쳤다.

"헉헉헉… Go! Go! Go!"

그는 태수의 페이스메이커를 더 해주고 싶지만 여기까지가 한계다.

앞선 방송 3사의 중계차에서는 난리가 났다. 각 중계차의 캐스터와 해설자들이 얼굴이 벌겋게 달아오르고 목에 핏대를 세우며 떠들어댔다.

태수가 이대로만 가면 이봉주의 23년 묵은 기록을 갈아치우는 것은 당연하기 때문이다.

민영은 태수가 세계기록을 경신하는 것은 포기했다. 무리한 욕심이었다.

현재 18㎞까지 50분 30초. 매㎞당 2분 48초로 떨어졌기 때문이다.

그렇지만 태수가 이봉주의 1시간 1분 04초의 기록을 깨는 것은 무난하다고 예상했다.

그것만 해도 어디냐? 그것은 태수 본인은 물론이고 민영에게도 최상의 선물이고 축복이 될 것이다.

"민영아!"

그런데 달리고 있는 태수가 민영을 보면서 소리쳤다.

"왜 그래, 오빠?"

민영은 태수가 뭔가 잘못되었나 싶어서 가슴이 덜컥 내려앉았다.

"헉헉헉… 더 빨리 가는 방법 없냐?"

민영은 어리둥절했다.

"무슨 소리야?"

"헉헉헉헉… 보폭을 늘렸으면 좋겠다!"

태수는 아직 힘이 남아 있다. 그래서 더 빨리 달리고 싶은데 방법을 모르겠다.

두 팔을 흔드는 것은 이미 한계에 도달해서 더 이상 빨리 흔들 수는 없는 지경에 이르렀다.

그러니까 방법은 보폭을 조금 더 늘리는 수밖에는 없을 것 같아서 묻는 것이다.

민영은 할리를 몰면서 상체를 태수 쪽으로 기울며 악을 쓰듯이 외쳤다.

"발뒤꿈치로 엉덩이를 차!"

태수는 대답하지 않았다. 그 대신 민영이 시키는 대로 즉시 실행했다.

탁탁탁탁—

달리면서 발뒤꿈치로 엉덩이를 찼다. 그렇지만 제자리에서 하면 모를까 달리면서는 엉덩이를 차는 게 불가능했다.

그러나 엉덩이를 차려고 무릎을 더 굽히니까 발이 앞으로 쑥쑥 뻗어나가고, 결과적으로 한 걸음당 보폭이 10㎝ 이상 늘어났다.

'맙소사⋯⋯.'

민영은 19㎞~20㎞의 시간을 재고는 기절할 정도로 놀라서 하마터면 할리의 핸들을 놓칠 뻔했다.

기록이 2분 35초가 나왔기 때문이다.

그때 차동혁이 다급하게 외쳤다.

"민영 씨! 방송 3사가 정규 방송을 중단하고 이 대회를 속보로 중계방송하고 있습니다!"

탁탁탁탁—

태수는 옆구리가 끊어질 듯이 결렸다. 횡격막이 갈가리 찢어지는 것 같다.

탁탁탁탁—

태수는 도착지인 5군단 화랑연병장 안으로 달려 들어갔다.

연병장을 반 바퀴 돌고 피니시라인으로 돌진했다.

옆으로 비켜나고 있는 선도차의 전자시계가 57분 35초를 나타내고 있는 것을 보고 거기서부터는 숨을 아예 쉬지 않고 전력으로 질주했다.

피니시라인의 사회자 배동석이 절규하듯이 악쓰는 소리나 많은 사람의 함성 소리가 먼 곳에서 아련하게 들리는 것 같았다.

탁탁탁탁—

마침내 태수는 피니시라인을 통과하여 결승선 테이프를 끊었다.

그런데 정신이 몽롱해서 피니시라인의 시계를 보지 못했다.

"헉헉헉헉……"

그가 제자리걸음을 뛰면서 헐떡거리고 있을 때 주최 측 사람들이 우르르 달려들어 부축을 하면서 어깨와 등에 타월을 덮어주었다.

"오빠—!"

민영의 찢어지는 듯한 울음 섞인 목소리가 들렸다.

태수가 쳐다보니까 민영이 달려오면서 헬멧과 고글을 벗어 던지는데 눈물을 펑펑 흘리고 있다.

"오빠! 으헝엉!"

민영이 달려와서 태수를 와락 끌어안았다.

"으허엉~! 오빠… 세계기록 깼어… 엉엉~ 오빠… 어쩌면 좋아… 나 미치겠어……."

제7장
환골탈태

민영은 태수를 데리고 연병장 한쪽 구석에 세워져 있는 고급 리무진버스로 향했다.

　리무진버스는 검은 천이 전체를 뒤덮고 있어서 어떤 용도로 사용되는지 알 수가 없다.

　딸깍—

　"오빠, 여기에서 옷 갈아입고 시상식 할 때까지 잠시 동안 쉬어."

　민영이 안에서 차문을 잠그면서 말했다.

　버스에 올라선 태수는 놀란 표정을 지었다. 운전석 뒤쪽은 아담한 응접실처럼 꾸며져 있고 그 너머에는 문이다.

"이리 와, 오빠."

척!

민영이 문을 열고 들어가면서 태수를 돌아보았다.

아직 달리던 모습에 대형 타월 한 장만 어깨에 두르고 있는 태수는 기웃거리면서 민영을 따라서 문 안으로 들어갔다.

"오……."

지친 태수의 입에서 저절로 탄성이 흘러나왔다.

태수는 동영상이나 사진에서는 이탈리아 아지무트(Azimut) 사의 몇 억 달러짜리 초호화 요트의 거실이 이처럼 화려하게 꾸며진 것을 본 적이 있었지만 이렇게 실제 보기는 처음이다.

한쪽 벽에 대형 TV가 걸려 있으며 맞은편에는 최고급 소파와 침대, 룸바가 설치되어 있고, 버스의 끝 쪽에 해당하는 공간에는 놀랍게도 매우 고급스러운 월풀 욕조와 화장실까지 구비되어 있었다.

깍!

민영이 냉장고에서 차가운 하이네켄 캔맥주 하나를 꺼내 따서는 태수에게 내밀었다.

"맥주 한잔하고 나서 샤워하고 옷 갈아입어."

"어……."

태수는 상황이 너무 빠르게, 그리고 크게 변하는 바람에 적응이 되지 않았다.

태수가 캔맥주를 입에 대기도 전에 마주 보고 있던 민영이 바싹 다가와서 두 팔로 그의 허리를 안았다.

"오빠."

"으… 응?"

민영은 태수를 조금 더 끌어당겨서 힘주어 안으면서 고혹한 눈빛으로 그를 바라보았다.

"잘했어."

"그런데 나 기록 얼마냐?"

태수는 민영에게 자신이 세계기록을 깼다는 말만 들었을 뿐 기록이 얼만지는 듣지 못했다.

"57분 44초. 마라톤 하프 세계시록 58분 23초를 무려 39초나 경신했어. 오빠가……."

"내가 세계기록을……."

태수는 그 사실이 아직 실감나지 않았다.

박형준이 영주소백산마라톤에서 자전거를 타고 중국음식 배달을 가던 태수의 어깨를 밀쳐서 넘어뜨리면서 시작됐던 한바탕 꿈이 아직도 깨지 않고 있는 것 같았다.

민영이 살짝 까치발을 세우더니 태수에게 입을 맞추었다.

그녀의 두 손이 태수의 뒷머리를 감싸고는 혀로 태수의 입을 살짝 벌렸다.

그러고는 그의 혀를 부드럽게 빨아들이는가 싶더니 마치 배고픈 아기가 엄마의 젖을 먹듯이 힘껏 혀를 빨았다.

태수는 그대로 가만히 서 있는데 몸이 깊은 늪으로 한없이 가라앉는 느낌이다.

그렇지만 태수는 민영의 혀를 빤다든지 능동적인 행동을 취하지는 않았다. 그저 멍한 기분일 뿐이다.

꽤 오랜 시간이 흐른 후에 민영이 입술을 뗐다.

민영의 얼굴은 빨갛게 달아올랐고 숨을 할딱거렸다.

그녀는 태수에게서 몸을 떼면서 그를 곱게 흘기며 주먹으로 가슴을 톡 때렸다.

"주책이야."

그리곤 태수의 아랫도리를 슬쩍 보고는 뒤로 한 걸음 물러섰다.

태수는 숏팬츠 안의 페니스가 단단하게 돌출된 것을 내려다보고는 멋쩍게 얼굴을 붉혔다.

탁!

민영이 태수의 등을 떠밀었다.

"어서 샤워나 해!"

샤워를 하고 난 태수는 민영이 내준 옷을 입었다.

태수가 신고 있는 마라톤화와 같은 타라 마크가 새겨진 스포츠웨어인데 그가 알고 있는 그 어떤 고급 스포츠웨어보다 훌륭한 질감과 디자인이었다.

"오빠, 이제부터 내 얘기 잘 들어."

민영은 태수를 소파에 앉히고 자기는 그 앞에 무릎이 닿을 정도로 가까이 앉으며 진지한 표정을 지었다.

"T&L그룹이라고 들어봤어?"

태수는 고개를 끄떡였다.

"그래."

SK와 LG, 롯데, 포스코 등과 국내 재계순위 4, 5위를 다투는 그룹이 T&L이다. 즉 '타이거 앤드 라이온'의 영문 첫 글자다.

민영은 태수의 눈을 똑바로 주시했다.

"이번에 T&L에서 스포츠브랜드 'TALA', 즉 '타라'를 런칭할 거야. 오빠가 허락하면 오빠를 '타라'에 영입하고 싶어."

태수는 한 대 얻어맞은 것처럼 멍한 표정을 지었다가 잠시 후에 민영에게 물었다.

"넌 누구냐?"

민영은 난감한 표정을 지었다.

"내가 누군지 알고서 오빠가 괜히 날 이유 없이 미워하거나 경원하면 안 돼?"

"알았다."

"T&L그룹 회장이 누구지?"

"이중협."

"그분이 나의 아버지야."

우웅웅—

대낮에 굉음을 울리면서 아현동 굴레방다리에서 신촌사거리로 향하는 가파른 고갯마루에 한 대의 멋들어진 검은색의 BMW X6가 질주하고 있다.

터프하고 야생미 넘치는 2015년 최신형 BMW X6 운전석에는 태수가 앉아 있다.

민영은 약속한 대로 BMW X6를 태수에게 주었다. 하지만 이건 그녀가 타던 BMW X6가 아니라 이틀 전에 출고한 따끈따끈한 최신 모델이다.

BMW X6 M50D라는 모델인데 배기량은 민영의 X6M보다 적은 3000cc에 381마력이지만, 토크는 75.5kgm/2,000rpm으로 몬스터 그 자체다.

더구나 이 녀석은 터보가 3개 트리플 터보이며 연비가 아주 좋아서 민영의 X6M하고는 비교할 수가 없다. 가격은 1억 4천만 원이다.

그르르릉…….

X6 M50D는 르미에르오피스텔 지하주차장으로 들어갔다가 잠시 후에 태수는 엘리베이터에 올랐다.

TV 각 방송에서는 포천38선하프마라톤대회 이후 뉴스 시간 때마다 태수의 마라톤 하프 세계기록 경신을 주요 내용으로 다루었다.

대한민국은 오랫동안 마라톤 불모지였다.

황영조가 1992년 제25회 바르셀로나올림픽 마라톤에서 2시간 13분 23초의 기록으로 우승, 이른바 '몬주익의 영웅'이 되어 대한민국 마라톤의 위용을 전 세계에 떨쳤었다.

그리고 이봉주가 2000년 도쿄국제마라톤에서 2시간 7분 20초의 국내 풀코스 마라톤 최고기록을 세우면서 2위로 입상하여 국내에 마라톤붐이 일었었다.

그렇지만 이후 대한민국에는 이렇다 할 걸출한 선수가 나타나지 않음으로써 국내의 마라톤붐은 계속 이어지지 못하고 시들해졌다.

아니, 오히려 세월이 흐를수록 기록이 퇴보하는 현상이 일어나서 마라톤은 국민들로부터 외면을 받아온 것이 작금의 현실이다.

그런 마라톤계에 느닷없이 혜성처럼 한 명의 청년이 출현하여 소리 소문도 없이 하프 기록, 그것도 국내기록이 아닌 세계기록을 뚝딱 갈아치워 버렸다.

그로 인해서 바야흐로 대한민국에 새로운 마라톤붐이 조성

되려 하고 있다.

차동혁은 태수를 가장 가까운 거리에서 전담 촬영한 덕분에 일약 특종을 잡았다.

그 덕분에 차동혁은 MBC 내에서 태수만큼이나 중요한 인물로 급부상했다.

MBC는 차동혁이 주축이 되어 가칭 '한태수 프로젝트'라는 프로그램을 전격 편성하여 거의 하루 종일 태수의 하프마라톤 세계기록 경신을 대대적으로 보도하고 있다.

"저거 물건이다."

한동안 아무 말 없이 혜원과 함께 TV의 '한태수 프로젝트'를 지켜보던 수현이 침묵을 깨고 불쑥 말했다.

"혜원아."

"응, 고모."

수현은 TV에서 시선을 떼지 못하고 있는 혜원의 어깨에 손을 얹었다.

"태수 쟤 될성부른 나무다. 무조건 크게 될 놈이니까 꼭 붙잡아라."

"고모……."

"내가 힘이 될는지는 모르겠지만 난 니 편이다."

갑작스런 태수의 세계기록 경신으로 정신이 하나도 없는 혜원은 고모의 말에 눈물을 글썽거렸다.

수현은 일어나서 화장실로 가면서 뒤돌아보았다.

"아버지나 큰오빠는 낫 놓고 기역자도 모르는 시골무지렁이라서 태수가 얼마나 크게 될 사내인지 모르는 거야."

수현의 다음 말은 화장실 안에서 들려왔다.

"나중에는 혜원이 니가 옳았다는 걸 다 알게 될 거야. 그러니까 태수 꼭 잡아야 한다."

딩동~

수현의 말이 끝나기 무섭게 현관 벨이 울렸다.

혜원이 눈물을 닦을 새도 없이 일어나서 문을 열자 거기에 멋진 스포츠웨어를 입은 태수가 늠름하게 서 있었다.

"오빠!"

혜원이 비명처럼 태수를 불렀다.

"워나."

태수는 환하게 웃으면서, 그리고 그리움이 가득한 얼굴로 혜원에게 다가섰다.

"워나."

"오빠……."

혜원은 가슴속에서 뜨거운 것이 치솟아 올라 흑! 하고 울음을 터뜨렸다.

쿵!

태수는 등 뒤로 현관문을 닫는 것과 동시에 혜원을 부둥켜안고 키스를 퍼부었다.

태수가 너무나도 그리웠던 혜원은 뼈가 없는 것처럼 온몸을 그에게 맡겼다.

태수는 지독한 갈증을 느끼는 사람처럼 혜원의 혀를 빨면서 그녀를 번쩍 안고 안으로 걸어 들어가서 침대에 함께 쓰러졌다.

혜원은 아무 생각도 나지 않고 오로지 태수가 자기를 찾아왔다는 것, 그래서 너무도 기쁘고 행복하다는 사실만 가슴속에 가득할 뿐이다.

태수가 상의를 걷어 올리고 가슴에 얼굴을 묻으면서 손으로는 바지와 팬티를 한꺼번에 벗길 때도 혜원은 그의 머리를 안으면서 주문처럼 정신없이 중얼거렸다.

"아아… 사랑해… 오빠 사랑해……."

그때 차디찬 얼음물이 두 사람에게 끼얹어졌다.

"그럼 조~ 오타."

태수는 뒤통수에서 들리는 소리에, 혜원은 고모 수현이 화장실에 있었다는 사실을 깨닫고 화들짝 놀라서 행동을 멈추고 급히 서로에게서 떨어졌다.

태수는 수현을 발견하고 벌떡 일어나 차려 자세를 취했다가 넙죽 허리를 굽혔다.

"아, 안녕하세요, 고모님?"

수현은 옷걸이에서 재킷을 벗겨 입으면서 곱게 흘기듯 태수를 쳐다보았다.

"차 한 잔 마시고 올 테니까 느긋하게 해라."

"고모님……."

태수는 얼굴을 붉히며 어쩔 줄 몰랐다.

수현은 침대에 누워 있는 혜원을 보며 짐짓 놀라는 표정을 지었다.

"혜원이 너 젖 커졌다?"

"꺅! 고모!"

혜원은 자신의 가슴이 다 드러났다는 사실을 깨닫고 벌떡 일어나면서 비명을 지르며 상의를 내렸다. 그러다 보니까 트레이닝 바지와 팬티도 무릎까지 내려가 있어서 하체가 다 드러나 있었다.

태수는 면구스러워서 얼굴이 뻘개져서 어쩔 줄 모르고 머리를 긁적였다.

수현은 현관으로 걸어가다가 태수를 돌아보며 미소를 지었다.

"태수, 세계기록 깬 거 축하해."

"고, 고맙습니다!"

수현은 오랜만에 만난 태수와 혜원이 사랑을 불태울 충분한
시간을 주기 위해서 독한 에스프레소 리필을 다섯 잔이나 마시
고 올라왔다.

태수는 민영이 자기에게 해주었던 얘기를 혜원과 수현에게
그대로 해주었다.

민영의 제안을 정리하자면 이렇다.

1. 타라스포츠에서 창단하는 타라육상팀에 3년간 전속 계약
한다. 계약금 3억 원.

2. 타라스포츠 전속 CF모델로 3년간 계약한다. 계약금 3억
원.

3. 타라스포츠 홍보팀 대리로 채용한다. 계약 기간은 무한이
며 T&L그룹 사원과 동일한 조건이 주어진다. 연봉 1억 2천만
원.

4. 타라스포츠에서 지정하는 국내외 모든 마라톤대회에 참
가할 의무가 있으며, 매회 참가비로 1천만 원, 입상시 성과급이
차등 지급된다. 골드라벨대회 우승 1억 원, 실버라벨 우승 5천
만 원, 그밖에 세계대회 우승 1억 원, 대회기록 경신 1억 원, 세
계기록 경신 5억 원.

5. 타라스포츠는 마라톤에 필요한 설비와 장비, 시설, 차량,
인원 일체를 제공한다.

"그리고 이게 계약서입니다."

태수가 민영이 준 계약서를 내밀었다.

세 사람은 방바닥에 둘러앉아 있으며, 수현이 계약서를 받아서 읽기 시작하면서 태수에게 물었다.

"언제 계약하기로 했니?"

"내일 타라스포츠 부산사옥에서 하잡니다."

"부산? 서울이 아니고? T&L 본사는 강남에 있잖아?"

옆에 앉은 혜원이 태수의 헝클어진 머리카락을 다정하게 쓸어 넘겨주었다.

"타라스포츠 본사는 부산 마린씨티에 있답니다."

"그래? 왜 그런 거지?"

"자세한 건 저도 모르겠습니다."

세 사람은 이른 저녁 식사를 하러 밖으로 나왔다.

"태수 너 타라에서 선불 같은 거 받았니?"

"그런 거 없습니다."

푸짐하게 회를 먹다가 수현이 태수에게 물었다. 수현은 혜원의 오피스텔에서부터 여기까지 오는 내내 눈에서 계약서를 떼지 않고 유심히 살펴보고 있다.

"내가 코치 좀 할까?"

"부탁합니다."

태수는 수현이 아이비리그 예일대를 나왔으며, 월가에서 근무하다가 MBA 과정을 이수한 재원이라는 사실을 잘 알고 있다.

수현이 경영이나 금융에는 빠삭하기 때문이 아니라 혜원의 고모이기 때문에 태수는 될 수 있으면 그녀의 말을 잘 들으려고 애썼다.

"3년 계약을 1년으로 하자고 해."

태수는 놀라는 표정을 지었다.

"그러면서 계약금은 변동 없어야 하고."

"그래도 됩니까?"

"돼."

"만약……."

"만약 계약 안 하겠다고 그러면 내가 태수 니 스폰서 찾아줄게."

"예?"

"타라하고 캔슬되면 내가 니 에이전트 해주겠다는데, 왜? 싫어?"

"아… 아닙니다."

태수는 혜원이 싸주는 쌈을 입을 크게 벌리며 받아먹고, 수현은 계약서의 한 부분을 손가락으로 가리켰다.

"태수 널 타라스포츠 홍보팀 대리로 채용한다고 했는데 더 높은 직급, 그러니까 과장쯤으로 바꾸고 연봉은 3억 원. 그리고……."

"고… 고모님."

태수는 당황했다.

수현이 시키는 대로 했다가 타라스포츠하고의 계약이 없었던 일이 돼버리면 말짱 황이기 때문이다.

수현이 날카로운 눈으로 태수를 주시하면서 그를 일깨워 주었다.

"태수야."

"네, 고모님."

수현은 유난히 길고 흰 손가락 두 개를 세워 보였다.

"너한테는 두 가지 선택이 있어."

수현은 손가락을 하나씩 꼽았다.

"하나는 이 계약서대로 타라하고 계약해서 현실에 안주하는 것이고, 또 하나는 니 인생을 니가 개척하는 거야."

"무슨 말씀이신지……."

수현은 손가락으로 태수의 왼쪽 가슴, 즉 심장을 지그시 찌르듯 눌렀다.

"너 이봉주 풀코스 기록 깰 자신 있지."

"있습니다."

"그게 액수로 환산하면 얼마일 것 같니?"

"……."

"너 마라톤 세계기록 깨고 싶지 않니?"

수현의 말에 태수는 가슴이 뛰었다.

"세계기록 깨는 게 제 최종 목표입니다."

탁—

수현은 손가락으로 아프지 않게 태수의 이마를 때렸다.

"최종 목표라는 말을 그렇게 가볍게 쓰지 마라, 짜샤."

"네……."

"인간의 목표라는 건 수시로 변하는 거야. 만약 니가 세계기록을 깨면, 그러면 넌 목표를 다 이룬 거네? 그럼 그때부터는 너 뭐 하고 사냐? 사는 낙이 없잖아?"

"……."

태수는 말문이 막혔다.

"어쨌든 니가 세계기록을 깨면 그게 금액으로 얼마 정도의 가치가 있을 것 같니?"

계산이 나오지 않아 꿀 먹은 벙어리가 된 태수 대신 수현이 손가락으로 그의 이마를 쿡 찔렀다.

"단순하게 계산해도 몇 백억이다. 아니, 몇 천억이 될 수도 있지."

"……."

"그런 것들을 니가 3년 안에 다 이룬다면 타라는 10억도 안 되는 잔돈으로 최소 몇 백억 남는 장사를 한다는 계산이 나오지."

"아……"

태수는 돌이 깨지는 소리를 입으로 냈다.

팔락…….

수현이 계약서를 태수 얼굴 앞에서 흔들었다.

"이거 내가 새로 작성해 줄게. 스톡옵션도 포함시키고."

"스톡옵션이라는 건……."

"그런 게 있어. 어쨌든 내가 새로 만들어주는 계약서대로 타라스포츠한테 밀어붙여라."

태수의 아랫배에 힘이 들어갔다.

"알겠습니다."

태수는 또다시 혜원이 싸주는 쌈을 먹으려고 입을 잔뜩 크게 벌리고 있는데 수현이 날카롭게 그를 쏘아보았다.

"그런데 태수 너 혜원이 울리면……."

"네?"

"내 손에 죽는다."

태수 입에 쌈을 밀어 넣은 혜원은 수현을 보며 또 눈물을 글썽인다.

"고모……."

"제가 계산하겠습니다."

태수는 앞서 나가는 수현을 앞질러 계산대로 달려갔다.

"어… 그럴래?"

주머니를 뒤지던 태수가 혜원에게 다가와 귓속말로 소곤거렸다.

"워나, 돈 좀 빌려줘."

수현이 어깨로 태수를 밀치고 계산대로 갔다.

"다 들린다, 짜샤."

1층에서 수현이 태수와 혜원을 엘리베이터 안으로 밀어 넣었다.

"나는 지하 카페에서 계약서 작성할 테니까 너희 둘은 그동안 회포 한 번 더 풀어라."

"고모!"

혜원이 부끄러워서 얼굴이 빨개지며 빽! 소리치자 수현은 짓궂게 능쳤다.

"저 지지배 좋아 죽는 거 봐라. 하여튼 남씨 여자들은 무지하게 밝혀."

스르……

수현은 엘리베이터 문이 닫히는 안쪽에서 혜원이 태수의 품에 안기면서 앙탈을 부리는 것을 흐뭇하게 바라보았다.

"아유… 오빠, 고모 왜 저러는지 몰라……."

수현은 지하 카페로 향하며 우울한 얼굴로 넋두리처럼 중얼거렸다.

"어이구 내 팔자야. 사내 냄새 맡아본 게 구석기 때냐 신석기 때냐? 거미줄 치겠다, 거미줄……."

부산 해운대구 우동, 마린씨티.

요트 계류장과 광안대교가 한눈에 굽어보이는 곳에 85층 규모의 T&L스카이타워가 웅장하게 자리를 잡고 있다.

주상복합빌딩인 이 건물은 1층에서 5층까지 상업시설, 병 의원, 스포츠센터가 입점해 있고, 6층부터 20층까지는 국내외 업체 사무실들이 들어와 있으며, 21층부터 30층까지는 T&L물산 부산지점, 31층부터 80층까지 오피스텔이고, 81층에서 85층까지 타라스포츠가 임시 본사로 사용하고 있다.

다음 날 월요일 새벽에 태수는 X6 M50D를 직접 몰고 서울 신촌 혜원의 르미에르오피스텔을 출발하여 오전 10시 무렵 부산 해운대 마린씨티에 도착했다.

1층 주차장까지 마중을 나온 홍보팀 직원이라고 자기소개를 한 늘씬하고 예쁜 서구형 미녀인 미니스커트의 여사원이 태수를 고속엘리베이터에 태워서 타라스포츠로 안내했다.

여사원은 사장실에 도착할 때까지 입도 벙긋하지 않았고 태수에게 눈길 한 번 주지 않았다.

태수는 여사원의 그런 표정과 태도에 익숙하다. 자기보다 못한 사람에게 괜히 이유 모를 우월감을 갖고 우쭐대는 소위 자신을 엘리트라고 생각하는 사람들의 몸에 밴 습관적인 행동이다.

여사원은 태수가 누군지 정도는 알고 있는 것 같았다. 하지만 그래 봤자 무식한 운동선수쯤으로 여기는 듯했다.

타라스포츠와의 계약을 생각하느라 극도로 긴장해 있는 태수는 얼음장 같은 여사원의 표정과 행동 때문에 더욱 마음이 불편해졌다.

땡~

엘리베이터가 84층에 도착했다.

스르…….

엘리베이터 문이 열리자 여사원이 사무적인 한마디를 툭 던지고 앞서 내렸다.

"따라오세요."

그런데 엘리베이터 밖에는 뜻밖에도 산뜻한 정장 차림의 민영이 서 있었다.

여사원은 민영을 발견하고 크게 놀라며 급히 허리를 90도로 깍듯하게 굽혔다.

"본부장님."

민영은 여사원에게 가볍게 고개를 끄떡여 보이고는 뒤따라 내리고 있는 태수에게 달려들며 반갑게 외쳤다.

"오빠!"

민영은 태수의 품에 살짝 안겼다가 명랑하게 그의 팔을 자신의 두 팔로 안았다.

"내가 오빠 데리러 내려갔어야 하는데 바쁜 일이 있어서 못 갔어. 미안해."

태수는 가볍게 고개를 끄떡일 뿐 입을 다물고 있었다.

민영은 태수의 팔을 두 팔과 풍만한 가슴으로 안고는 그를 복도로 이끌었다.

"가자, 오빠. 사장님이 기다리셔."

태수는 옆에 부동자세로 서 있는 여사원을 힐끗 쳐다보았다.

태수하고 눈이 마주친 여사원은 크게 당황해서 어쩔 줄을 모르다가 급히 허리를 굽혔다.

주차장에서부터 태수를 찬밥 취급하더니 T&L그룹 총수의 딸이 태수에게 반색을 하며 안기는 광경을 보고서야 태수에 대한 인식이 바뀐 모양이다.

"너 본부장이냐?"

민영은 태수 어깨에 뺨을 대며 멋쩍다는 듯 애교를 부렸다.

"에헷! 잠정적 직급이야."

"잠정적?"

"나 졸업반이잖아. 내년에 졸업하면 타라스포츠 정식 본부장이 될 거야."

"은수저 입에 물고 태어난 사람은 다르군?"

"사실… 타라스포츠는 내 아이디어거든."

태수는 조금 놀라서 걸음을 멈추고 민영을 쳐다보았다.

"그래?"

"몇몇 친구의 도움을 받긴 했지만 전체적인 구도와 기획은 내가 짰어. 그다음에 아빠한테 기획서를 제출했었지."

민영은 아무에게도 하지 않은 말을 태수에게 종알거렸다.

"아빠가 기획서 검토하시고 괜찮다면서 해보라고 하신 거야."

태수는 민영이 달리 보였다.

"너 천재구나?"

민영은 방실방실 웃었다.

"어떻게 알았어?"

"강동석이오."

타라스포츠 사장이라는 50대 신사가 태수에게 악수를 청하고는 명함을 내밀었다.

"한태수입니다."

그게 끝이다. 태수와 사장의 인사가 끝나자 민영이 사장실 밖으로 태수를 이끌었다.

"유능한 분이야. 타라스포츠를 위해서 스카웃했어."

사장실 밖에서 민영이 소곤거렸다.

민영이 태수를 두 번째로 데려간 곳은 전략기획실이라는 곳이다.

민영이 들어서자 넓은 실내 여기저기에서 열심히 일하고 있던 30명쯤 되는 사원이 일제히 일어나 민영에게 고개를 숙였다.

"일하세요."

민영은 태수를 대할 때와는 판이하게 깐깐한 모습으로 사원들에게 말하고는 태수를 소파로 이끌었다.

"오빠, 계약서 잘 읽어봤어?"

소파에 앉는 태수 옆에 민영이 나란히 앉으면서 물었다.

태수는 안주머니에서 수현이 새로 작성해 준 계약서를 꺼내 민영에게 주었다.

"계약서 새로 써 왔다."

민영은 뜻밖이라는 표정으로 계약서를 받더니 읽어보지도 않고 마침 소파로 다가온 30대 중반의 매우 세련돼 보이는 준수한 용모의 남자에게 내밀었다.

"권 실장님께서 검토해 보세요."

전략기획실장 권병훈은 맞은편 소파에 앉아서 꼼꼼하게 계약서를 읽기 시작했다.

"경치 좋지?"

민영이 태수 오른쪽의 창밖을 보면서 상체를 기대왔다.

전략기획실은 200평쯤 되는데 ㄱ자로 바닥에서 천장까지 통째로 유리창이라서 바깥 풍경이 한눈에 보였다.

이곳은 84층이어서 아래를 굽어보지 않으면 마치 하늘에 떠 있는 것 같은 착각이 들었다.

태수가 아래를 굽어보니 까마득한 아래로 수영강이 흘러서 바다와 합쳐지는 광경과 요트 계류장, 그리고 조금 멀리 광안대교와 광안리가 한눈에 펼쳐졌다.

그러나 태수는 경치가 눈에 들어오지 않았다. 수현이 새로 작성한 계약서의 내용이 그의 생각으론 너무 엄청나서 타라스포츠에서 받아들여질 것 같지가 않았다.

수현의 말이나 논리는 백번 옳다. 태수에게는 무궁무진한 가능성이 있다.

하지만 타라스포츠 같은 회사는 현실적이다. 그러니 태수의 가능성에 투자를 할 것 같지는 않았다.

"80층에 오빠 오피스텔 하나 꾸며놨어."

속도 모르는 민영이 태수 귀에 대고 속삭였다.

그때 전략기획실장 권병현이 다 읽은 계약서를 정중하게 민영에게 내밀었다.

"본부장님께서 한번 읽어보셔야 되겠습니다."

민영은 처음에는 태수에게 상체를 기댄 흐트러진 자세로 계약서를 읽기 시작했다가 나중에는 태수에게서 몸을 떼고 꼿꼿한 자세로 읽었다.

태수는 계약서를 읽고 있는 민영의 얼굴이 딱딱하게 굳는 것을 보고 새로운 사실 하나를 깨달았다.

태수와 민영을 연결하고 있는 것이 하나도 없다는 냉엄한 사실이다.

어제까지만 해도 태수는 민영을 마라톤이라는 끈끈한 인연이 맺어준 좋은 여자나 여동생쯤으로 여겼었다.

그런데 어제 민영의 신분이 T&L그룹 총수의 딸이며, 타라스포츠를 런칭하는 데 태수를 영입하고 싶다면서 계약서를 내민 이후부터 두 사람은 남녀 관계에서 순식간에 거래 관계로 변해 버렸다.

그리고 지금 태수는 민영이 낯선 타인처럼 여겨졌다.

"오빠."

이윽고 민영이 계약서에서 시선을 떼지 않은 채 낮은 목소리로 입을 열었다.

"계약 기간을 1년으로 줄이는 대신 오히려 계약금을 6억으로 2배 올리는 건 심하지 않아?"

"……."

태수는 약간 멍한 표정을 지었다.

어제 수현은 계약 기간을 1년으로 줄여야 한다고만 말했었지 원래 3억이던 계약금을 6억으로 올리겠다는 말은 하지 않았었다.

태수는 어젯밤에 혜원의 오피스텔 소파에서 자고 새벽에 일어나 곧장 부산 해운대로 오느라 수현이 새로 작성한 계약서를 읽어볼 겨를이 없었다.

민영은 어이없다는 표정으로 태수를 쳐다보았다.

"그런데 우리 타라스포츠에 총괄팀이 있다는 건 어떻게 알았어?"

그렇게 물어놓고서 민영은 제 스스로 대답했다.

"하긴… 인터넷 뒤져 봤으면 바로 알았겠지."

민영은 태수 쪽으로 돌아앉아 그를 똑바로 직시했다.

"오빠를 총괄팀 과장 자리에 앉혀달라고?"

"……."

태수는 꼭지가 도는 것 같은 느낌이 들었다. 마음 같아서는 민영의 손에 있는 계약서를 뺏어서 직접 읽어보고 싶지만 그럴 수 없는 상황이다.

지금 태수가 택할 수 있는 방법은 하나뿐이다. 수현을 믿고 그냥 배짱으로 밀고 나가는 것이다.

도대체 수현 고모는 계약서를 어떻게 작성한 것인지 돌아버릴 것만 같다.

"말해봐, 오빠. 그러길 원해?"

"그래."

태수의 입에서 태연한 대답이 흘러나갔다.

민영이 잠시 어이없는 표정을 지으며 태수를 바라보더니 계약서의 한 부분을 읽어 내려갔다.

"마라톤대회 매회 참가비로 1억, 골드라벨대회 우승 10억, 실버라벨 우승 5억, 그밖에 세계대회 우승 10억, 대회기록 경신 10억, 세계기록 경신 100억."

원래는 매회 참가비로 1천만, 골드라벨대회 우승 1억, 실버라벨 우승 5천만 원, 그밖에 세계대회 우승 1억, 대회기록 경신 1억, 세계기록 경신 5억이었다. 그걸 죄다 10배로 뻥튀기시켜 버렸다.

정말이지 통 큰 남수현이다.

휙—

민영이 계약서를 테이블로 내던졌다.

"오빠는 우리가 이런 터무니없는 계약을 할 거라고 믿어?"

태수는 마지막 히든카드를 꺼냈다.

"1년 안에 이봉주 풀코스 기록 2시간 7분 20초를 깨주마."

"……."

이번에는 민영이 놀라서 동그랗게 커진 눈으로 태수를 빤히 주시했다.

수현이 새로 작성해 준 계약서대로 태수와 타라스포츠의 계약이 성립됐다.

태수는 계약이 성립될 가능성은 1%도 없다고 믿었는데 계약서는 사장에게까지 가지도 않고 민영의 입에서 오케이가 떨어졌다.

"1년 안에 이봉주 풀코스 기록 2시간 7분 20초를 깨주마."

태수가 한 그 말의 여운이 채 사라지기도 전에 민영은 즉각 오케이했다.

그러면서 민영이 한마디 덧붙였다.

"타라스포츠는 오빠의 무한한 가능성에 투자하는 거야."

민영은 T&L스카이타워 80층 동남쪽으로 창이 있는 48평형 오피스텔로 태수를 데려가 그곳이 앞으로 그가 살게 될 집이라고 알려주었다.

큰 침실이 3개에 욕실 2개, 넓은 거실과 주방, 발코니가 있으며 당장 몸만 들어가면 생활할 수 있도록 모든 것이 완벽하게 갖추어져 있었다.

태수는 이렇게 넓고 호화로운 집에서 살아보기는커녕 구경을 해본 적도 없었다.

　해운대의 노른자위인 마린씨티에 세워진 T&L스카이타워 최고 로얄층에 이 정도 평형이면 매매가 7억, 전세가 5억을 호가한다.

　그러나 태수는 아직은 안동을 완전히 떠날 수 없다. 그곳에는 엄마가 계시기 때문이다.

　연로한 엄마가 편찮으시면 곁에 태수가 있어야만 한다. 그는 효자다.

　그래서 태수는 한 달에 20일은 부산에서 훈련하면서 지내고 10일은 안동에서 지내기로 민영과 합의를 봤다.

　또한 타라스포츠에서의 태수의 직함은 총괄팀 과장이고, 굳이 출근하지 않아도 되는 프리한 자리다.

　민영은 사외근무가 많고 동적(動的)인 태수를 위해서 개인비서를 붙여주겠다고 말했다.

　태수가 싫다고 했으나 민영은 그래야지만 태수의 스케줄을 짜고 위치 확인을 할 수 있다면서 밀어붙였다.

　태수는 6월 4일부터 정식 출근하기로 하고 3일 동안 개인적인 일을 보기로 했다.

　T&L스카이타워 현관 앞 왼쪽은 끝없이 펼쳐진 드넓은 바다

고 오른쪽에는 요트 계류장이, 그리고 그 너머에는 수영강이 바다와 합류하고 있으며, 그 위로 광안대교가 웅장한 위용을 드러내고 있다.

민영은 태수와 나란히 요트 계류장 쪽으로 걸으면서 부탁하듯이 말했다.

"오늘은 여기서 자고 내일 아침에 올라가."

태수가 겪은 민영은 두 개의 모습을 갖고 있다. 지금 보고 있는 평소의 모습과 아까 계약서를 보고 조목조목 따지던 갑(甲)의 모습이다.

전자는 22살짜리 새파란 청춘 이민영이고 후자는 타라스포츠 잠정 총괄본부장의 실체일 것이다.

"새벽부터 서울에서 여기까지 운전해서 왔는데 피곤하잖아. 그런데 또 운전하면 몸이 배겨나지 못할 거야."

"민영아."

"왜 오빠?"

태수는 걸음을 멈추고 눈앞 요트 계류장의 요트들을 보면서 정색을 했다.

"너는 나한테 타라스포츠 본부장이냐 아니면 민영이냐?"

민영은 배시시 눈웃음을 쳤다.

"민영이야."

그 눈웃음에는 녹지 않을 남자가 없을 것 같았다.

"나한테 여자 있는 거 알지?"

"알아. 혜원 씨."

"알면 됐다."

태수는 자기에게 여자가 있으니까 민영이 여자로서 접근하지 말라는 방패를 쳐두었다.

어제 태수가 혜원하고 시간을 보내는 동안 혜원은 민영에 대해서 한마디도 언급하지 않았었다.

어제 포천38선하프마라톤대회에서 태수가 피니시라인에 골인했을 때 민영과 포옹을 한 장면이 여과 없이 전국에 생중계됐었다.

혜원은 태수가 마라톤 하프 세계기록을 세우는 광경을 지켜보면서 너무 기뻐서 심장이 터질 뻔했었다고 말했다.

그렇다면 혜원은 당연히 태수와 민영의 포옹 장면을 봤을 텐데도 거기에 대해선 한마디도 하지 않았다.

혜원은 태수의 퍼렇게 멍든 왼쪽 어깨에 약을 바르고 파스를 붙여주면서도 눈물을 글썽이기만 했었다.

어떻게 그럴 수 있는지 모르겠다. 만약 입장이 바뀌었다면 태수로선 절대로 그냥 넘어가지 않을 것 같았다.

혜원은 태수를 굳게 믿고 있는 것이다. 그가 오로지 혜원 자신만을 사랑하고 있다는 사실을.

그렇기에 태수는 혜원의 믿음을 배신하지 말아야 한다고 생각했다.

"나 운동광이야."

민영이 태수와 나란히 서서 요트들을 바라보며 뜬금없는 말을 했다.

"어려서부터 안 해본 운동이 없는데 그중에서 마라톤, 즉 달리는 게 최고로 좋더라. 달릴 때가 제일 행복해. 바람을 가르면서 달리면 심장이 터질 것 같고 내가 살아 있다는 사실을 생생하게 느껴. 그래서 시간만 나면 훈련을 하고 또 전국으로 마라톤대회에 참가하고 있어."

민영의 그런 취미 덕분에 태수와 인연을 맺은 것이다.

"성주참외마라톤에서 오빠를 봤을 때 오빠 마라톤을 처음 해보는 거라고 말했어."

바닷바람이 불어와서 정장 차림을 한 민영의 검고 긴 머리카락을 희롱하듯이 흩날리는 모습이 무척이나 성숙하고 싱그럽게 보였다.

"나한테 어떻게 달려야 하는지 코치를 받은 오빠가 그 대회에서 우승을 했어. 그것도 대회 신기록인 1시간 12분 05초로 말이야."

민영이 우아한 동작으로 머리카락을 쓸어 넘겼다.

"그때 내가 무슨 생각을 했을 것 같아?"

"날 타라스포츠에 스카우트할 대상으로 봤겠지."

"맞아."

민영이 미소를 지었다. 태수는 지금까지 민영을 봐오면서 지금 같은 미소는 처음 봤다.

해피엔딩으로 끝나는 영화를 볼 때나 행복한 꿈을 꿀 때 아마 저런 미소를 지을 것 같다.

"그랬었는데……."

민영은 이 얘기를 하면서 한 번도 태수를 쳐다보지 않았다.

"나 그동안 오빠에게 호감이 생긴 거 같아."

바다를 보고 있던 태수가 쳐다보니까 민영의 뺨이 약간 붉어진 것 같다.

부끄러워하고 있다. 세상에 부러울 것 하나 없을 야생마 이민영이 말이다.

민영 정도의 여자라면 모든 조건에서 태수보다 백배 천배 훌륭한 잘생긴 남자를 줄 세워서 고를 수 있다.

"오빠 같은 사람은 처음 봤어."

민영은 태수가 자장면 배달하는 모습을, 그리고 주유소에서 알바하는 광경을 본 적이 없다.

민영의 얼굴에 다시 조금 전의 꿈을 꾸는 듯한 표정이 다시 떠올랐다.

"착하고, 순수하고, 우직하고, 저돌적이고, 두뇌 샤프하고… 그리고 또 생긴 것도 그만하면 미남인 편이고… 무엇보다도 오빠는 내가 제일 좋아하는 마라톤에서 무한한 가능성을 갖고 있어. 그게 가장 큰 매력이야."

뭐라고 표현할 수는 없지만, 태수는 왠지 민영이 던진 보이지 않는 밧줄에 칭칭 묶이는 것 같은 착각이 들었다.

"이제부터 오빠를 상품이 아닌 한 명의 남자로 볼 거야. 그래서 과연 나 민영의 관심을 받을 만한 남자인지 관찰해야지."

"건방지잖아?"

"건방져도 할 수 없어. 그게 나니까."

민영은 도도하게 콧대를 세우며 바다를 바라보았다.

"이거 받아."

요트 계류장으로 걸어가면서 민영이 금박의 고급스러운 봉투 하나를 내밀었다.

열어보니까 각기 다른 색깔의 카드 3개가 들어 있다.

"이건 신명은행의 로열VVIP카드야. 월 3천까지 사용할 수 있어. 그리고 이거 하나 갖고 있으면 웬만한 곳은 다 프리패스야."

민영은 태수의 뜨악한 표정을 보더니 피식 웃었다.

"걱정 마. 이건 타라스포츠에서 주는 서비스야."

민영은 태수가 쥐고 있는 또 다른 카드를 가리켰다.

"오빠와 타라스포츠와의 계약금 6억, CF모델 계약금 6억. 합이 12억 들어 있어. 오빠 이름으로 만든 거야."

민영은 놀라는 태수의 표정이 재미있다는 듯 마지막 카드를 손으로 콕 눌렀다.

"이 카드로 오빠의 매월 월급이 들어갈 거야. 그리고 대회 참가비와 성과급 보너스 같은 것들이 다 이 계좌로 들어가도록 해놨어."

12억 이상을 자기 두 손에 들고 있는 태수는 지금 이 상황이 꼭 장난처럼 여겨졌다.

태수는 그날 안동으로 올라가지 못했다.

그의 치명적인 약점은 마음이 여리다는 것이다. 나쁜 말로는 우유부단한 거다.

다른 때는 안 그러는데 꼭 여자, 그것도 미녀에게만 마음이 여린 것 같다.

그날 태수는 해운대 마린씨티 수영강 요트 계류장에 정박해 있는 타라스포츠 소유의 아지무트 80피트 파워요트를 타고 바다로 나가 호화로움을 만끽했다.

요트는 2종류가 있는데 순전히 엔진의 힘으로만 움직이는 파워요트와 주로 바람의 힘으로 이동하는 세일링요트가 그것이다.

태수가 꿈꾸는 것은 세일링요트다.

물론 세일링요트에도 엔진이 있지만 마력이 약하다. 그리고 파워요트에 비해서 세일링요트의 가격은 저렴하다.

아지무트 80이 바다 한복판으로 나가고 있을 때 태수를 놀라게 만든 사건이 벌어졌다.

요트 아래에서 아름다운 여자 3명이 꺄악! 하고 소리를 지르면서 와르르 쏟아져 나와 태수와 민영을 둘러싸고 꺅! 꺅! 소리를 지른 것이다.

그녀들은 민영의 친구들로서 걸그룹 아프로디테 멤버들이었다. 오늘 태수와 함께 즐겁게 지내기 위해서 민영이 초대했다는 것이다.

아프로디테 멤버 4명 각자가 솔로로도 활동을 하고 뭉쳐서 걸그룹으로도 활동을 하는데, 각자는 아프로디테, 즉 비너스라는 이름 그대로 쭉쭉빵빵의 미녀들이다.

또한 각자가 민영에 버금가는 인기를 누리면서 대한민국을 비롯한 전 세계 뭇 남성의 선망의 대상이다.

그런데 그녀들이 태수 한 명을 위해서 모였다.

요트에는 선장과 요리사 한 명, 서빙하는 두 사람까지 모두 여자라서 남자는 태수 혼자다.

비주얼은 근사한 하렘인데, 숙맥인 태수는 그저 4명의 미녀가 아양과 교태를 부릴 때마다 헤벌쭉 웃기만 할 뿐이다.

요트는 낮 동안 부산 앞바다 곳곳을 누비면서 가슴을 시원하게 해주고 눈을 호강시켜 주었다.

그리고 밤이 되자 마린씨티에서 멀지 않은 해안에 요트를 정박시켜 놓고 선상파티가 벌어졌다.

태수와 민영, 그리고 효연, 재미교포 스칼렛, 파리지엔느 미셸은 밤새 노래를 부르고 춤을 추면서 코가 비뚤어지도록 마셨다.

태수는 최고의 걸그룹 아프로디테의 1인 관객으로서 그녀들의 히트곡 전부를 코앞에서 들은 최초의 남자가 되었다.

그리고 다음 날 아침이 되도록 5명은 커다란 침대에서 한 덩이로 뒤엉켜서 코를 골면서 잤다.

화요일 정오 무렵.

우웅웅…….

영양군 내에는 한 대도 없는 검은색의 BMW X6 M50D가 따사로운 6월의 햇살을 받으면서 영양 읍내로 육중하게 들어서고 있었다.

『바람의 마스터』 2권에 계속…

초대형 24시 만화방

신간 100%, 샤워실, 흡연실, 수면실(침대석), 커플석, 세탁기 완비

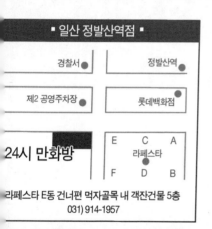

■ 일산 정발산역점 ■

라페스타 E동 건너편 먹자골목 내 객잔건물 5층
031) 914-1957

■ 강북 노원역점 ■

서울 노원구 상계동 340-6 노원역 1번 출구 앞 3층
02) 951-8324

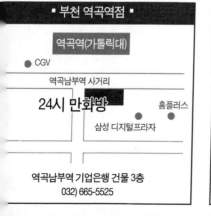

■ 부천 역곡역점 ■

역곡남부역 기업은행 건물 3층
032) 665-5525

■ 부평역점 ■

(구)진선미 예식장 뒤 보스나이트 건물 10층
032) 522-2871

ODD LAWYER
FUSION FANTASTIC STORY
미더라 장편 소설
Devil's Balance
괴짜 변호사
악마의 저울
『즐거운 인생』 미더라 작가의
2015년 대작!
현직 변호사, 형사, 프로파일러, 범죄심리학 전문가 자문으로
현장의 생생함을 그대로 담아낸 현대 판타지!
『괴짜 변호사 : 악마의 저울』
"제가 왜 한 번도 패소한 적이 없는 줄 아십니까?"
"……."
"저는 법으로만 싸우지 않거든요."
법의 칼날 위에서 춤추는 자들과의
치열한 공방이 펼쳐진다!
Book Publishing CHUNGEORAM
유행이 아닌 자유추구 -
www.chungeoram.com

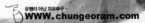

떡운 장편 소설

FUSION FANTASTIC STORY

전공

삼국지

2세기 말 중국 대륙,
역사상 가장 치열했던 쟁패(爭覇)의
시기가 열린다!

중국 고대문학을 공부하던 전도형,
술 마시고 일어나니 도겸의 둘째 아들이 되었다?

조조는 아비의 원수를 갚으러 쳐들어오고
유비는 서주를 빼앗으려 기회만 노리는데…….

"역시 옛사람들은 순수하다니까.
　유비가 어설픈 연기로도 성공한 데는 다 이유가 있지, 암."

**때로는 군자처럼, 때로는 효웅처럼!
도형이 보여주는 난세를 살아가는 법!**

- Book Publishing CHUNGEORAM

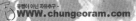